バンギの血

Sang de Bangui

三芳 端

東京図書出版

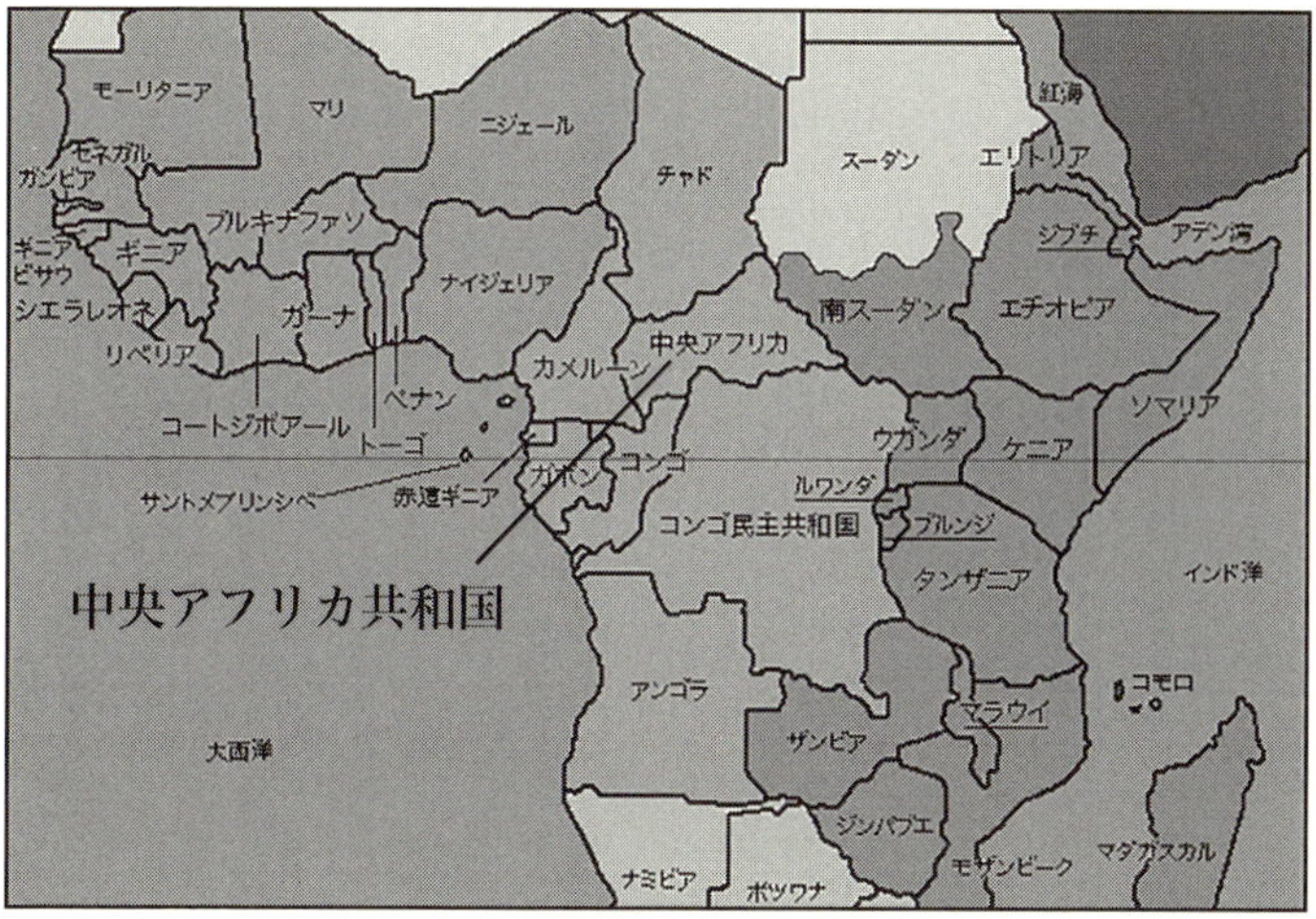

中部アフリカ

引用元：www2s.bigloben.ne.jp/~yoss/W-map/africa.html「アフリカ地図」

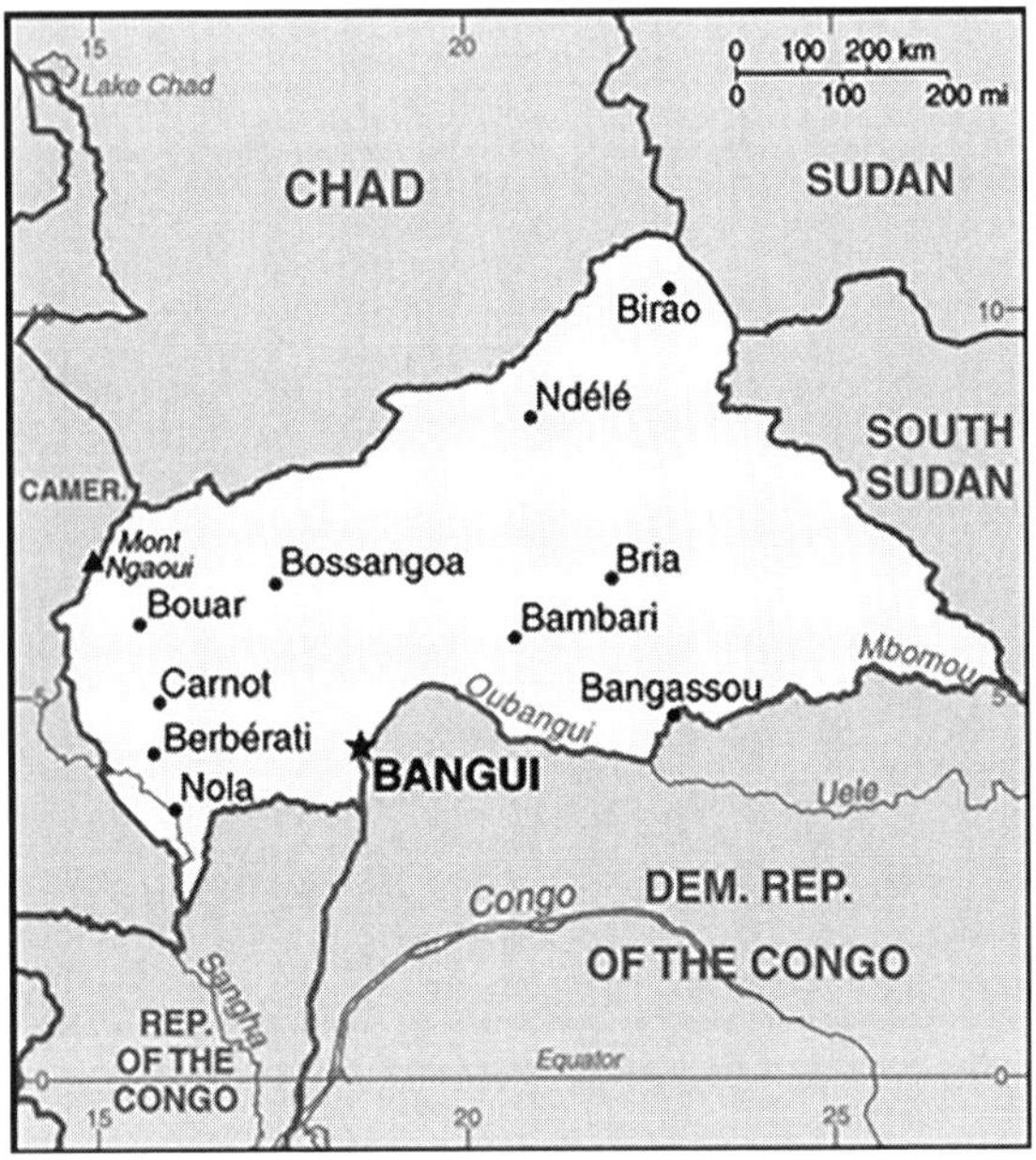

中央アフリカ共和国の都市

引用元：Ja.m.wikipedia.org/wiki/「中央アフリカ共和国の都市の一覧」

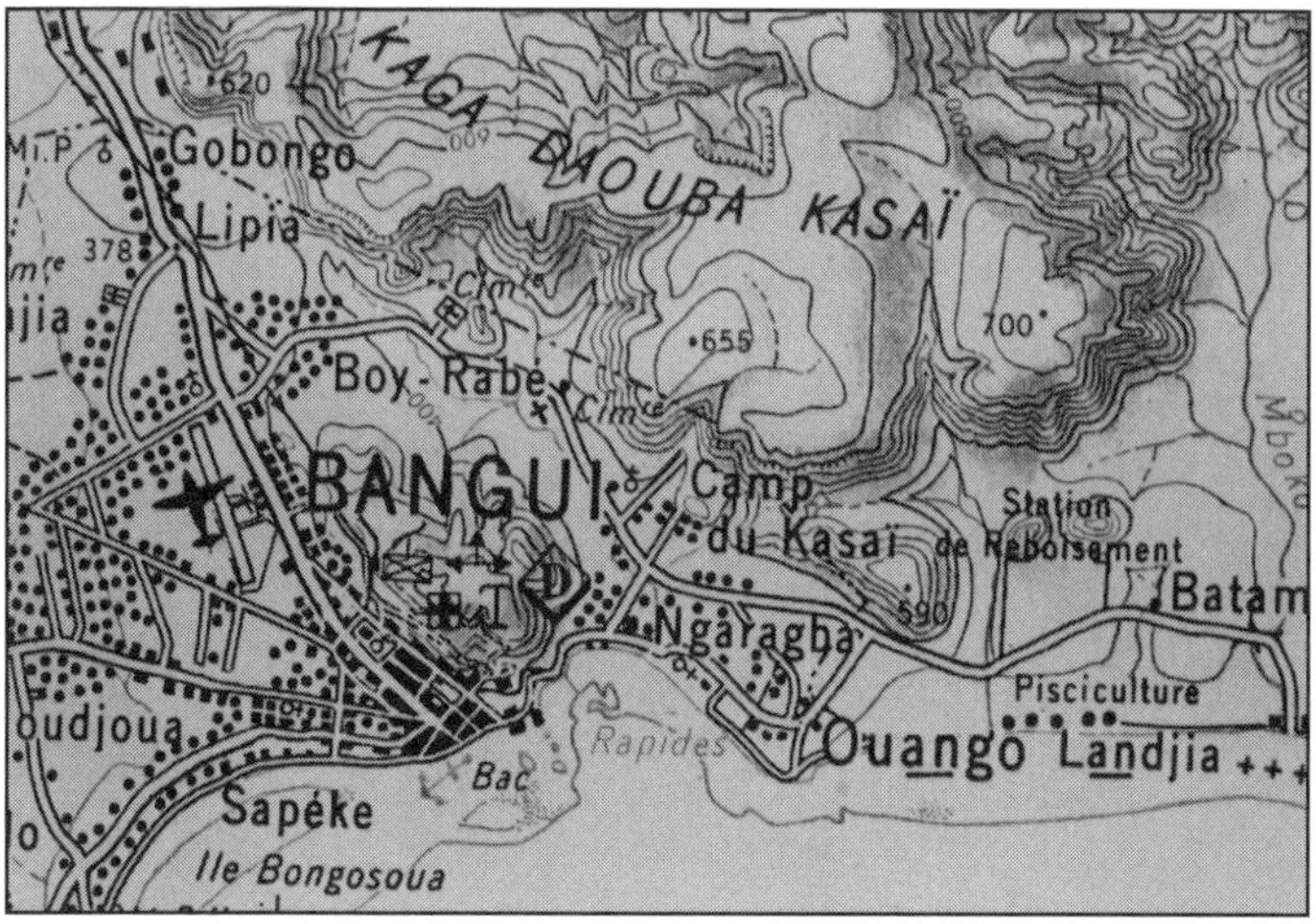

BANGUI（バンギ）周辺

引用元：INSTITUT GÉOGRAPHIQUE NATIONAL. PARIS「BANGUI」

―登場人物―

明美・ロベール ……………… パリセントラル病院女医
アラン・ロベール ………… パスツール研究所ウィルス部門主任、明美の夫
ジャン・アデラ ……………… バンギの村の少年
カール・フェデラー ……… スイス人医師
イザベル・モロー ………… アランの愛人
ルカ・マルタン ……………… パリセントラル病院院長
リナ・ルロワ ………………… パリセントラル病院看護師
アムジャド・セリム ……… パリセントラル病院入院患者
ヤコブ・トマ ………………… バンギ病院医師
マリ・ヨルバ ………………… バンギ病院看護師
ダニエル・モロ ……………… パリの小学校教師
吉村　直人 …………………… 日豊自動車社ナイジェリア支社社員
ニコラ・デュラン ………… アフリカ連合軍、中央アフリカ総司令官
アルカン・バンダ ………… アフリカ連合軍、中央アフリカ第二司令官
ピエール・ルロワ ………… フランス軍軍曹、明美奪還作戦指揮官
フォスタン・サリエ ……… アフリカ連合軍軍曹、明美奪還作戦副指揮官
ウマル・ムスタファ ……… イスラム過激派組織　中央アフリカ戦闘員副指揮官
ウダイ・アルマジード …… イスラム過激派武装団戦闘員
ムハンマド・ラシード …… バンギの貿易商
アリ・ムシャラフ ………… カルノの行商人
エマ・アデラ ………………… ジャンの母
サリ・アデラ ………………… ジャンの父
ヤマ・ムナリ ………………… ジャンの姉
エベ・アデラ ………………… ジャンの弟・二男
イグ・アデラ ………………… ジャンの末の弟

バンギの血

目次

２０１３年12月19日　バンギ郊外の小さな村
プロローグ …… 17
１９９６年８月１日　アレッジ氷河　出会い
第一章　感　染 …… 23
２０１３年12月10日　イグの物語
２０１３年12月12日　パリセントラル病院
２０１３年12月16日　サリの手
２０１３年12月17日　ムハンマドの死
２０１３年12月18日　夫婦の危機
２０１３年12月19日　殺戮
２０１３年12月20日　カルノの行商人

第二章　感染拡大 …… 62
２０１３年12月20日　パリ発
２０１３年12月20日　バンギ着
２０１３年12月21日　少年ジャン
２０１３年12月25日　カルノの四人家族
２０１３年12月26日　ナイジェリア北東部の街
２０１３年12月27日　ナイジェリアの首都アブジャ
２０１３年12月28日　パリ　エボラ発生
２０１３年12月29日　東京　エボラ発生
第三章　闘い …… 99
２０１４年２月５日　二人の青年
２０１４年３月１日　中央アフリカの各地

2014年3月3日　難民キャンプ
2014年3月5日　電話
2014年3月15日　パスツール研究所
2014年4月14日　恐怖
2014年4月26日　シエラレオネ共和国　ルンギ空港

第四章　拉　致……135
2014年4月28日　拉致の予兆
2014年5月1日　明美拉致
2014年5月12日　明美奪還
2014年8月7日　中央アフリカ共和国議会

第五章　祈　り……172

2014年11月10日　看護師マリの死
2015年1月5日　毒薬エルカンデュー
2015年1月26日　アランの苦悩
2015年2月10日　アルプス　飛行機墜落事故
2015年5月10日　家族の絆
エピローグ　その一 …… 207
2015年6月3日　パリ　シャルル・ドゴール空港
エピローグ　その二 …… 209
2018年8月1日　アレッジ氷河　追悼
2025年8月7日　アレッジ氷河
あとがき …… 212
参考文献 …… 215

２０１３年12月19日――バンギ郊外の小さな村

ボンゴ山地が北側にそびえ、南部に熱帯雨林が続く、その間をウバンギ川がゆったりとした流れをとめず、川面には沈みかけた夕日を映し、赤い土を更に赤く染めながら、灼熱の大地に冷気を運んでくる。

森林に囲まれるように、サバンナには小さな村落があり、美しい自然から目を移すと、赤く錆びたトタン屋根や藁の粗末な家が点在し、荒れた農地でのわずかな作物、自らが食べるわずかな川での漁、貧しいながらも、日々を精一杯に生きる誠実な暮らしがそこで営まれている。

今日の一日が終わり、静かに暮れていく。

ここは、バンギと通ずる幹線道路をはずれ、ウバンギ川支流の小さな川と、サバンナに囲まれた、小さな村である。

２０１３年12月19日のこの夜、村の首長は、全てが寝静まった深夜、俄かに車の音が聞こえたと思った瞬間、銃弾が撃ち込まれる音が近づき、家に火が放たれたことを知った。

男達は抗うすべもなく、ある者は銃で撃たれ、ある者はナイフで首を切られて惨殺されていった。

村には、おぞましいウィルス感染症を発症した末の弟、そして愛する幼子を必死に看病し、既に幼子の病原体が体内に侵入していた母親がいた。

二人の面倒をみていた二男は、咄嗟にのき下に逃れ、走り出そうとした矢先、銃を構えた男に見つかり、自動小銃で頭を殴られ昏倒し、一瞬気絶した。

近くに放たれた火のせいで、家のなかは明るく照らされ、すぐに目を醒ましたが、そのまま気絶していた方がかえって良かったような光景を無理やり見せられることになった。

男は、やせ細った母親の上にまたがり凌辱し、異様にぎらついた表情をしながら母親の顔に自分の顔を近づけた。その瞬間、どろどろした血液の混ざったような吐物が、母親の口から勢いよく、男の顔にぶちまけられた。

激情した男は、近くに置いていた銃で母親の眉間を打ちぬいた。

多くの男たちは、少年も含めて惨殺され、七人ほどの年若い少女達が殺されずに集められ、殺戮現場から連れ去られた。

逃げ延びた村人は五人程であったが、この中に凌辱、惨殺された母親の家族は一人もいなかった。ただ運命のいたずらか、この夜、長男の少年は訳あって、村にいなかったため、この殺戮を逃れていた。

拉致された少女達の中にも、既に体の変調を来している者達がいた。それは、幼い末の弟を発生源にした、まさにあのおぞましいエボラ発症の序章であった。

後には血なまぐさい殺戮の臭いと、焦げた木の臭いが残り、焼け落ちた家々の燻りが、夜陰に煙をたなびかせていた。

これらのイスラム過激派組織は、制圧したナイジェリア北東部の拠点に戻りながら、途中ウハム・ペンデ州の村をも襲撃し、少女を拉致し、人身売買の恐れすらある、悪名高いテロ集団に膨張していった。

プロローグ

1996年8月1日――アレッジ氷河　出会い

十九歳になった明美は、まだ何処となく幼さは残っているが、涼しげで可愛らしい顔立ちと明るい性格から、学生達の憧れの的であった。

中学校も、高等学校も、いわゆるお嬢さん学校で教育を受け、十九歳になっても特定の異性と付き合ったこともないような箱入り娘であった。

決して裕福ではなかったが、ごく当たり前の幸せを感じる家庭で育てられたためか、周囲のちょっとした不幸が気になる娘であった。

今日も通学途中の電車の中で、気分の悪そうな老人が気になって、近くの学生に、

「済みません、申し訳ありませんが、あの方が気分悪くて、席を譲っていただけませんでしょうか」とお願いして、いとも簡単に席を譲ってもらった。

駅の階段で重そうな荷物を持った女性に、

「お厭でなければ、ちょっと手をお貸ししましょうか」と気軽に声をかけ、急に荷物が軽くなった女性は大喜びだった。

また帰宅途中、ホームの椅子で気分がすぐれず寝そべっていた中年男性に、「大丈夫ですか、駅員の人をお呼びしましょうか」と声をかけ（ちなみにこの男性は単なる酔っ払いだったのだが）、毎日がそんな感じであった。

医学部教養課程2年生の夏休みに、長年貯めた小遣いと、アルバイトの金と、親から少し援助を受けて、仲の良い女子友達を誘って、スイス旅行に行った時のことであった。

1996年8月1日のこの日、世界で最も高い鉄道の駅、標高三四五四メートルにあるユングフラウヨッホ駅で、目の前に広がるアレッジ氷河に感激し、二人はとてもはしゃいでいた。ここは誰でもが三千メートル級以上の山の頂を楽しめる、年間七十万人近くが世界中から訪れる、観光の名所である。

氷河の世界は、雲ひとつない真っ青な空の下、直射日光を浴びながら、八月にもかかわらず、サクサクと氷の上を歩く不思議な感覚を体感させてくれていた。

午後の氷河での楽しみを残して、ひとまず昼食を摂りにレストランに入った時、一人の青年が気分悪そうに、椅子に横たわっていて、もう一人が心配そうに見守っている様子が目に入った。

明美のことだから、気になって声をかけたのは言うまでもなかった。二人は明美と同世代の青年達であった。

電車に乗っている間から気持ちが悪く、降りてからも余計ひどくなって休んでいたようだ。

たまたま持ち合わせていた吐き気止めの錠剤を、近くから水を持ってきて与えた後もしばらく傍で様子を見てあげた。

そのために午後の氷河遊びの楽しみは消えてしまった。

その後、次第に気分が良くなってきた青年は、スイスのベルンで医学部に通う学生、カール・フェデラーと名乗った。

「一時はどうなるかと思ったよ、本当に助かった、ありがとう」青年は素直に喜んでいた。

「旅行中に何かあると心配で、持っていた中に吐き気止めがあって良かったわ」

明美も東京で医学部に通っていることを話し、自分達が同じ医学生であることがわかり、その後は今日初めて会ったとは思えない程にいっそう会話が弾み、和やかな若者達の交流となった。

その後、何となく気が合うそれぞれ二つのカップルに分かれて会話が進行していた。

カールの話を聞くうちに、ベルン市そのものがユングフラウ山と峡谷に囲まれた、美しい古い歴史ある街で、カールがそのような環境で医学を学んでいることが、明美にとっては信じられない程に憧れる話であった。

「山や川や、いつも手に取るような自然の恵みに囲まれて生活していると、とてものんびりしていて、君達のように勉強はしていないかもね」

「そんなこと無いと思うわ、私達にも遊びの誘惑はたくさんあるの。ただ私の場合、自然を楽しむには、家から離れて日本の中を少し旅しないといけないの、貴方の生活とても素敵だと思うわ」

「アケミは毎日どんな生活をしているの」

「どんな生活……、そうね、毎日電車に乗って学校に通い、夕方には家に帰って、夜は本を読んだり、レコードやCDを聴いたり……、少し勉強したり、カールはどんな生活をしているのかしら」

「子供の頃からたくさんの時間を自然の中で楽しんで、それは今でも変わらないけど、山を歩いたり、釣りをしたり、でも少しは勉強もするけどね」

帰りの登山電車の中でも喋り続け、クライネ・シャイデックで、それぞれの予定があるため別れることになった。

「これ、お礼に、僕の大切なお手製のお守りなんだけど、受け取ってくれるかい」

「わあ、素敵なクロス、私だけの宝物にするわ。

私は、何もあげる物がないみたい。そうだわ、これは私のお守りなの、二人の思い出に貰ってくださるかしら」

明美はバッグに下げていた小さな小熊のマスコットを外して差し出した。

「君の大切なお守りか、大切にしないといけないね」

何となくこのままの別れになることが、明美には心残りに感じたが、それでも手を振り、何回も振り返りながら、カールは明美に鮮烈な印象を残して遠ざかっていった。

その後二人はそれぞれが結婚した後も、最近まで十七年間、二人だけの秘密の文通を続けていた。

それはまるで禁断の恋のように、時に手紙だから書ける情熱的な表現になって、明美は戸惑いを感じることもあったが、いつも温かな、ほのぼのとした気持ちになるのを感じていた。

アランとの結婚後も、青春時代を懐かしむように、カールのことを思い出し、一人で微笑んでしまうこともあった。

第一章　感　染

2013年12月10日――イグの物語

遠くに青くかすむボンゴ山の山並みが、沈む夕日に赤く色を変え、陽炎に揺れている。南には鳥達がねぐらを求めて帰る森が、たくさんの生き物を包み込んでいる。

ゆったりとしたウバンギ川の水面には、沈みかけた夕日を反射し、赤と黒のさざ波が流れ、熱せられた大地は、赤く染まりながら心地良く冷めていく。

林とサバンナに囲まれた、トタンや藁屋根の粗末な家々では、荒れた農地で収穫される作物と、川でのわずかな漁で、貧しいながらも、日々を精一杯に生き、自然に対し、人々に対し、そして己にも誠実な暮らしが営まれている。

今日の一日も、村人の命を育み静かに暮れていく。

バンギは、中央アフリカ共和国の首都で、ウバンギ川本流は、コンゴ民主共和国との国境になる。

ウバンギ川は、コンゴ川の支流になり、そのコンゴ川の支流のなかには、あのエボラ名称の元となったエボラ川がある。

首都バンギは、川による重要な港町であり、推定人口は七十万人と言われる大きな都市で、フランス領としてフランスが築いてきた都市といっても良い。

ここはそんなバンギ郊外の小さな村だ。

氏族長を中心に、およそ五十人が暮らすこの村は、かつては伝統的な自然を崇める自然宗教であったが、最近ではその殆どがキリスト教信者である。

明日は村で年に一度の祭りがあり、その祭りは日常の生活とは異なる特別なもので、伝統的な衣装を身にまとい、顔に独特な塗料を施し、老若男女が踊り続け、伝統の祈りとキリスト教の祈りが調和され、祭りの終わりにキリスト教徒として、にわか作りの粗末な祭壇で、いつもよりは長く祈りをささげるのである。

その祈りは、日々彼らが心を絞るようにして祈る心の叫びである。

日々の祈りの中で、「何も思い煩わないで、あらゆる時に、感謝を持ってささげる祈りと願いによって、あなたがたの願いごとを神に知っていただきなさい」と教えられている。

毎日の祈りと、日々の暮らしの中で、

「そうすれば、人の全ての考えにまさる神の平安が、あなたがたの心と思いを、主イエス・キリストによって守ってくれます」と心から信じている。

「天にありますわれらの父よ、主イエスは、一人ひとりが持つ悲しみを喜びに、恐れや憎しみを平和にと変えるため、十字架を背負ってあの苦難の道を歩んでくださいました。

主は私達に、心に平和を残してくださいました。

私達は祈ることを喜びに変えて、心の安らぎと平和を祈ります。

イエスの御名のもとに」

悲しいまでに誠実な、平和を求める祈りがそこにある。

今日も朝から村人達は、祭りの準備の傍ら、近くの畑で、今日一日の食べ物と、明日の祭りの準備の収穫をしている。

八歳になった末の少年イグは、両親にも可愛がられ、そのくったくのない微笑みは、村の人気者であった。

一番上の兄ジャン・アデラは十四歳で、既に村にとって頼りがいのある存在であった。

2013年12月10日、今日は、ジャンの下の兄弟達にとって祭りの前の日で、久しぶりに自由な遊びが許され、末の弟イグは、兄エベに導かれて、小さな川の対岸にある洞窟へ同行することになった。

二男のエベは兄貴気取りで、弟に自慢をしてみたい、どこにでもある兄弟の光景なのだが、これがとんでもない物語へと繋がっていった。

小さくゆるやかな川の流れで、小さな船を操るのは、十二歳のエベにとっては、たやすいことだった。

イグにとっては全てが珍しく、ましてや小さな川でも対岸に渡るなど親から許されるはずもなく、何となく怖いのと、これから起こる何かを期待して、ドキドキしていた。

船に乗り込む時に、足場にした石がヌルっと滑って、水のなかに落ちそうになり、慌てて手をついた別の石の鋭利な角で右の人差し指に切り傷ができた。

痛くて泣きそうになったが、連れて行ってもらえなくなることが頭をよぎり、ぐっとこらえた。

少しは血が出たが、川の水で洗ってもらい、エベから大丈夫と言われて、何となく大丈夫だという気持ちにもなった。

まだ雨季には遠い季節、水量も比較的少なく、あっけなく対岸に辿りつき、そこからしばらく下流へ歩むと、急に景色が一変し、生い茂った樹林帯にぶつかった。

少し分け入ると急な岩肌を木々や雑草が覆う斜面に出た。

辺りには奇妙な声で啼く鳥達の声、木の枝を飛び移る小さな猿の姿、足元には、見たこともないトカゲや、昆虫が、歩を進めれば踏みつけてしまうほどに蠢いていた。

身近な所にこんな野生の姿があることに、イグは感激するより、驚きを感じていた。

いきなり飛び立った大きな鷹のような鳥が、小さな子猿を足の爪でしっかりと掴み、森の奥から川に向かって飛び立つ姿が見えた。

動物から動物へ、何かが伝わっていく、連鎖の光景なのだ。

人間生活にこのような身近な場所でも、人を脅かす何かが確実に紡がれていっているのだ。

木の根や雑草に隠されたような隙間の前で立ち止まったエベは、これから面白い場所に弟を案内することを自慢するように、

「ここがおれの基地だ、面白い所だぞ」と大きな声で言った。

ケニアとウガンダ国境のエルゴン山の、あの有名なキタム洞窟ほど大きなものではない。

エベを前に、一歩洞窟内に足を踏み入れたが、イグはいきなり何とも言えない臭気に驚かされた。

しかも歩く足元には、ぬかるんだ黒っぽい土がある。

イグはこのまま前に進むのをためらった。

「どうした、怖いのか、ただの洞窟だぞ、二年前に一度来たことがあるけど、こんな臭いはしなかったな」

「兄ちゃん、何だか気持ちが悪いよ、帰ろうよ」とイグが言うのを遮り、

「来たばかりだろう、もう少し中へ入ってみよう」とエベがさらに数歩足を進める。

少し気持ちが悪いと思い始めていたエベだが、兄である手前、さも平気といったふうを装っていた。

まだ光が充分に届いているので、寄りそうようにして、また数歩先に進んだ。

角を曲がり、急に暗くなったあたりでは、さらに足元が滑りやすくなっていた。

それでも洞窟の側面に手をついて、更に数歩ずつ先に進んで行ったが、既に光は届いていな

かった。

そこに急に顔の近くを何かが羽ばたく音を立てて通り過ぎ、また続けて掠め過ぎ、おどろいて腕を振った拍子に、イグはぬかるんだ土に尻もちをついた。

もちろん泥の中に両の手をついた。

二人が暗がりに少し目が慣れて、洞窟の低い天井を見ると、自分達の頭のすぐ上に、たくさんの大きな蝙蝠が、逆さに垂れさがっているのに気がついた。

小さな洞窟ではあるが、適度な湿度、暗さ、入り口が草木で隠され、生息に適した環境だったのだろう。

ぬかるんだ土と思われたのは、蝙蝠の糞だった。

エベも前に来て、狭いが何となく秘密めいた洞窟だと気に入っていたのに、今日久しぶりに見た闇の中は、一変して気味の悪い蝙蝠の巣に変わっていた。

急に恐ろしくなり動顚し、入り口に向かって走り出そうとしたが、さすがに弟のことが気になり、声でお互いの位置を確認した。

転んだイグも起き上がって、互いの手を取りながら、壁伝いに入り口をめざした。

川に駆け戻り、イグは兄に、汚れた手足と、尻もちをついて汚れたパンツもついでに洗ってもらった。

「今日のことは内緒だぞ、しゃべったらもう何処へも連れて行かないからな」

イグは家に帰ってからは、二度転んだことも、洞窟で気持ちの悪い思いをしたことも、両親には黙っていた。

その翌日、イグは高熱にうなされたが、翌日は熱も下がり、軽い頭痛と吐き気が残った。

その後は不定期に高熱が続き、次第に嘔吐を伴うようになり、食べ物を口に入れようともせず、周囲の者から見ても、幼いイグには何か得体の知れない危険が迫っていることが分かった。

アフリカの大自然のなかで、エボラ出血熱の感染とそれに対する闘いは、既に長い間繰り返され、今も各地で感染が散発的に起こっていたが、ここ中央アフリカの小さな村で、可愛らしい少年からも、こうして静かに拡がり始めた。

この日父親のサリは、古びて錆びたトタン屋根の一部が朽ち落ちているのを、取りあえず修繕するため、手作りの梯子を掛けて登った。

だが梯子が少し不安定で傾いた拍子に、何かを摑もうとしてトタンの角に右手が当たり、右第二指を深く切ってしまった。

動脈性の出血はほとばしるようにトタン屋根を赤く染め、修繕どころでは無くなり、慌てて局所を押さえながら梯子を降りた。

その後、布切れで局所を強く縛って、何とか出血は治まった。

２０１３年12月12日——パリセントラル病院

２０１３年12月12日、真夜中の電話で起こされた明美は、まだ夢の中、何処か遠くの宇宙から届いた音に耳を傾けるように、受話器からの声を聞いていた。

「ロベール先生ですか、看護師のルロワです、お休みのところ済みません。先生の患者さんのセリムさんが、四十度近い熱と、嘔吐があって、お腹を痛がっています」

「当直医は誰、なんて言ってるの」

「ジョシュア先生ですが、今までのデータからは全く見当もつかないので、念のため担当医に連絡するように言われました」

「分かったわ、今から行くので少し待って下さい」

隣で寝ている夫のアランを起こさないように気にしながら、枕元のナイトテーブルに、「ごめんなさい、病院に呼ばれました」と書き置きして、家を飛び出した。

アランはもちろん、電話にもその会話にも気付いていたが、寝たふりをしていた。

六年前、明美は、日本で開催された国際感染症学会で、上司である東都大学内科学教授が会長であった関係で、学会講演や重大な発表があった外国からの研究者の接待や準備に追われていた。

アランはパリにあるパスツール研究所ウィルス部門の研究主任を務め、アメリカCDC（アメリカ疾病予防管理センター）ウィルス部門との共同研究での成果、エボラ出血熱に関する講演を行った。

これまでにも多種のワクチン研究や開発を手掛けていた。

学会終了後も約二十日間、日本各地で公演を行い、日本の重要な感染症研究機関の見学などのため、東京を起点に活動していた。

明美は、通訳や案内を兼ねて、この間何度も二人だけで行動を共にすることがあり、その後お互いに惹かれあう気持ちが芽生え、二年間の遠距離恋愛の末、結婚したのだった。

現在明美はパリ郊外にあるパリセントラル病院の内科医として勤務している。

郊外の所々に田園風景も見える環境の良い場所に建つ、近代的な6階建ての私立総合病院だ。

日本的な清楚でしかも凛々しい雰囲気を自然に漂わせ、話してみると誰に対しても謙虚で、誠実な態度は、病院内の全てのスタッフから愛され、信頼を寄せられる存在であった。

明美は、アランからかなり強引に結婚を迫られた時の会話を今でもよく覚えている。

「君の涼しげな表情と優しげな微笑み、自分のことになるとはにかむような話し方がたまらない」は愛しているとか、綺麗だとかのありふれた表現ではなく、フランス人特有のエスプリだと明美は感じた。

「フランス語がうまくないせいでしょう」などと会話したのをつい最近のように思い出す明美

だった。

アランは、日本の文化、芸術をこよなく愛していて、また小さい頃から日本に憧れ、空手を習い、大会にも出場したりしていた。

日本人以上に日本人的な気持ちを大切に感じているアランに、明美も好感を持った。

今から四年前の２００９年6月に、身内と親しい友人だけで、パリの小さな教会で結婚式を挙げて以来、明美はアランの誠実さと、馬鹿が付くほど正直な性格に、いつも癒やされ、幸せを感じる生活が続いていた。

そして、お互いに隠し事はしないと約束した二人であった。最近２０１３年11月末のある日、明美はちょっとした調べ物をしたいと思い、二人が共通で使用している書斎の本棚から、ウィルス学の専門書を出した。何気なく周りの本に視線が向いた時、二冊のフォトブックが目にとまった。

明美は、別にとまどう気持ちもなく、フォトブックを取り出していたが、明美にとっては、これを見ない方が良かったのかも知れなかった。

きちんと貼られた写真は、アランの可愛らしい赤ちゃんから始まって、少年時代の、空手道着をまとった凛々しい顔をした写真、仕事の同僚と一緒におさまった写真など、どれも明美の知らない一面を垣間見ることができ、微笑ましい気分に浸っていた。

目的の調べ物を済まそうと、フォトブックを元に収めようとした時、厚い表紙との間に何気なく挟まれていた一枚の写真がずり落ちそうに顔を出していた。

その写真を見て明美は愕然となった。

そこにはアランと、決して美男子とは言えないアランがまるで道化にみえるほど、素晴らしく美しい女性のツーショットの写真があった。

さらに明美を動揺させたのが、自動的に刻印されている日付が、２００９年7月8日、つまり結婚後わずか一カ月であったこと、そして写真の裏には、ご丁寧にも、愛を込めて、イザベル・モローより、と書かれていたことだった。

これほど誠実な人はいないだろうと思っていた明美の気持ちが、もろくも崩れ落ちるのを感じていた。

二人には子供がいないことも関係があるのか、全てに前向きな明美だったが、この時を境に異国の地でこれから自分はどうなるのか悩んでいた。

そんな彼女も、最近少し心の整理が出来て、

「夫との距離をおいて冷静に考えよう、何かが変わった時に新しい展開があるかも知れない、離婚を決めるのはその時でも良いのでは」と考え始めていた。


早速白衣を着て病棟に行き、セリムのベッドサイドで診察を開始した。

「セリムさんどうしました、お腹が痛みますか？」

「このあたりに摑まれるような痛みが」

セリムはアラブ人で、相当な富豪だと明美は聞いていたが、そんなことは明美にとってどうでも良いことであった。

事業で色々苦労をしているのだろう、人への接し方は誠実そうであった。

アラブ人は、日本人の礼儀正しい振る舞いには感嘆していて、セリムも初めから明美に好意的であった。

夜中に呼び出してしまったことにも、申し訳ないという態度が出ていた。

「ちょっとお腹をみせてください」

彼女が腹部を触診したところ、上腹部がやや硬くなっていて、特に右側のほうが強いようだった。

「ここ痛みますか」

「うん、痛いね、この辺りを強く握られているような感じだね」

「今迄に同じような痛みを感じたことはありましたか」

「五年くらい前にあったがその時はすぐに治まったよ」

「今回は何時頃から痛みが始まったのですか」

「夕食後から何となく痛かったが、夜中に我慢ができなくなって、ナースを呼んだんだ、一度吐いて、下痢もあったよ」

「下痢に血は混ざっていませんでしたか」

「よくは見なかったが、多分なかったと思うよ」

「咳や胸の痛みはありませんか」

「咳は元々タバコをすうし、今も少しあるけど」

彼女は胸部の聴診をしたが、変な雑音は聴かれなかった。

「セリムさん、今回の入院はご存知のように糖尿病があまり良くないので、血糖の管理を、食事療法と薬物療法でどのようにするかを決めるためでした」

さらにこれからの検査などについて説明した。

「今回の痛みには、消化器の検査、たとえば胃潰瘍とか、胆囊結石とか、糖尿病とは関係ない検査もしなければなりません」

「今からかい」

「いいえ、緊急性はなさそうですから、明日の朝から早速検査を始めましょう、明日は血液検査と、腹部超音波検査を受けてくださいね」

明美が最も気になっていたのは、何かの重大な感染症だったら、という心配だった。

「もう一つ、何か重大な感染症だと困りますが、最近フランス以外の国を訪れたことはなかったとおっしゃっていましたね」

「そう、ありませんね」

「申し訳ありませんが、念のためこの個室を、たった今から厳重な隔離部屋として、面会謝絶にします。私や看護師など全てガウン、手袋、マスク着用でお部屋に入ります。セリムさんも病室から出ないようにして頂けますか、おおげさなようですがお願いします」

「なんだか怖いね、ここはアフリカじゃないのだから、何もそこまでしなくたって」

「検査結果はすぐに出ますので、ご協力お願いします、今は痛み止めを打っておきます」

ナースステーションには夜勤の看護師が二人いたが、診察の結果、明日の検査のことを伝え、感染症の可能性を考えての対応について指示をした。

看護師のルロワが何故か軽い咳をしていたが、明美は深くは考えなかった。

翌朝、看護師の勤務交代前に、マスク、ガウン、ゴーグル着用の看護師ルロワが、採血にセリムの部屋を訪れた。

「おはようございます」ごほん、ごほんと二回咳をした。

「お痛みはどうですか、少しは眠れましたか」

「痛み止めがきいて少しは眠れたし、お腹の具合も昨日よりは良いみたいです」

「それは良かったですね」ごほん、と何とか咳をしないようにこらえている様子だった。

「おや、風邪ですか」

「ごめんなさい、昨日から咳と少し熱があったのですが、代わりの人がいなくて休めませんでした」

「大変だね、お大事に」

「ありがとうございます」

「それでは採血をします、色々感染症の検査もあって、いつもよりたくさん採りますよ」また続けてごほんと咳き込んだ。

彼女が病室で接した患者は他の受け持ち医師の患者もいて、この夜三十人ほどであったが、明美の指示で、夜勤で接する全ての患者にはN95マスクを着用して接した。

看護師ルロワは、朝の勤務交代のため、他の看護師に患者の説明をしている間に四十度の発熱を来し、咳もひどくなり、引き継ぎを終えて帰宅前の十時に明美の外来にかかった。

「咳はいつからなの」

「二日前ごろから何となくありました」

「熱はどうだったの」

「昨日の朝は三十七度、夕方の出勤前も三十七・二度くらいでした」

「看護師長と相談して誰か勤務交代を探してもらいましたが、誰もいなくて、三十七・二度くらいなら何とか頑張ってということで、仕方なく私が出勤しました」

「最近人ごみに出たことはある」

「毎日地下鉄で通勤しています」

「何かの上気道感染だわね、念のため血液検査、胸部レントゲン検査とインフルエンザテストをしましょう」

テストの結果はインフルエンザA型であった。

このセントラル病院でも、毎年インフルエンザの季節になると、外来では咳をした患者が多くなる。

1918～1919年にいわゆるスペイン風邪といわれるインフルエンザの大流行により全世界で五千五百万人以上の死者を出した教訓もあり、冬の季節ではここパリでも話題になっていた。

この日の勤務で接した同じフロアーの三十人の中に、重傷者や、高齢者もいて、ルロワが感染源で発症したインフルエンザ、いわゆる院内感染者は四人に達し、そのうちの一人が肺炎を併発して死亡したため、さっそく院内感染としてTVで報道されてしまった。

その後セリムの診断結果がわかり、急性胆のう炎と軽度の肝機能異常と判明したのだが、意外にもHIV（エイズウィルス）陽性との結果であった。

糖尿病の悪化とHIV感染との因果関係はわからないが、免疫機能の低下がすでに起こっているのか、エイズの病期がどうなっているのか、更に検討する必要性があった。

幸いにも、セリム自身に緊急性を有する感染症はなかったが、皮肉にも隔離対応をしたことで、インフルエンザにかかることはなかった。

免疫機能の低下している可能性のあるセリムを救ったことにもなり、感謝されたことは言うまでもなかったが、セリムがアラブの富豪で、今迄病院に多大な寄付を寄せていたこともあり、院長からも大げさに褒められた。

看護師不足の事情を知る医師達は、熱をおして出勤した看護婦を責めるのではなく、夜間にもかかわらず感染症対策を進めた明美の素早い対応に、賞賛の声が止まなかった。

この夜の出来事は、明美にとってこれから始まる、感染症との闘いのほんの序章であった。

2013年12月16日――サリの手

それから時を同じくして、イグの隣の村でも、高熱にうなされ、食事が摂れなくなる幼子が続出し、更に親達にも、得体の知れぬ精神症状から、人が変わったようになる男女が出現した。

この地方では、ハマダラ蚊を媒介にした、熱帯熱マラリアで命を落とす子供達が少なくはないが、これはあくまでも雨季に入る頃の話だ。

この村には、ジャンの姉ヤマが嫁いでいたが、小さいながらも綿花畑があり、五ヘクタールの綿花畑では十一月から収穫が始まり、ほぼ収穫も終わりに近づいていた。

ジャンの母、エマが可能な限り収穫の手伝いに村に入っていたが、イグの看護も大変になり、また最近は自分自身の体調が変になってきて、時に人が変わったように不穏状態になることもあり、看護どころではない日もあった。

２０１３年12月16日、この日、母に代わって父サリが収穫の最後を手伝っていた。残りも少なくなってきた綿花の木は、枯れたように乾燥していて、どんなに慣れた人でも素手で行う収穫には、小さな傷は絶えなかった。

母と子の病のことを心配しながらも、黙々と収穫に打ち込んでいたが、指に巻いていた布が綿花の枝に引っ掛かって、知らぬ間にほどけていて、最後には再び枝の先で傷がえぐられる形となった。

トタン屋根で切った直後と同じように動脈性出血が始まり、白い綿花がたっぷりとサリの血液を吸い込んだ。

足元に近い裏側の隠れた綿花が血に染まったことで、自分の指を見るまでは気付かず、慌てて指を押さえて、近くの小屋に引っ込んだ。

遠くから何となく父親の姿を見ていたヤマは、父も疲れているのだろうと思い、父のやり残しを片付けてしまおうと、引き継いで収穫を始めた。

当然ヤマはあのたっぷり血を吸い込んだ綿花を引きちぎり、自分の手が朱に染まるのを見て困惑した。

自分の手にも指にも、小さな浅い傷がたくさんあったが、どれも新たに出血するような傷ではなかったからだ。

サリの血がべっとりとヤマの傷に塗られ、今日の新しい傷の中に吸い込まれるように沁み込んでいった。

2013年12月17日――ムハンマドの死

幸いイグの熱は次第に下がり食事もとれるようになって、再びあのかわいらしい笑顔が見られるようになっていた。やはりマラリアではなかったようだ。

しかし、体調のすぐれないエマがやや安心していた矢先、とうとうイグは、内緒の冒険からまさに七日たったこの日、突然の目の痛み、頭痛、吐き気を訴えた。

何とか水分を与えようと、母親はイグの口元に野菜を煮込んだスープを流しこんだ。

「ぼくどうしたの、何も悪いことしてないよ」

「悪い蚊にでもさされたのかな」母親のエマは心配をさせないようにと思いながら、何気なくイグの手を握ったが、右手がやけに熱く、赤く腫れているのに気がついた。

人差し指が赤く、傷のあるところが化膿していた。

「この指はどうしたの」

「川で転んだの」

「いつのこと」

さすがに話を聞いていたエベも不安になり、冒険談を白状せざるを得なくなった。

さらに二日後には、嘔吐が始まった。

それでも母親は自分の子供に何が起こっているのか分からず、ただ抱き起こして、口元に水分を流しこんだが、嘔吐したものをもろに浴びてしまった。

幼い子の生命力は強く、嘔吐しながらも、また下痢が始まりながらも、何とか母親の看護を受けてやっと命を保っていた。

その翌日になって、看病していた母親は、目の奥に強い痛みと、急に感じた強いめまいのため、朝から起きることが出来なかった。

それでも何とかわが子のために食事を与え続け、自分のことより、子どものため神に祈りを捧げた。

２０１３年12月17日、この日、ジャンは長男として何か出来ないか考えていた。

「お父さん、どうしたらいい」

「病院はとてもじゃないが無理だ、遠いし、金もない」

「村はずれの貿易商らしいムハンマドさんに何か薬がないか、相談してみようか」

「気を付けてくれよ、彼はイスラム教徒だからな」

早速ジャンは行動に移した。

村のはずれに、隣国チャドから移り住んでいたムハンマドは、長年チャドで細々と密輸品などの調達をしながら、少しずつ金をため、今では貿易商を営むまでに急成長をとげていた。仲間のイスラム教徒とのトラブルから追われるようにして、この中央アフリカの地に、小さいが自分の家を建てて住んでいた。

彼の元には、相変わらず仲間のイスラム教徒数人が集まり、居住地を変えて仕事を続けていた。

貧しい村の民からは羨ましがられる生活をしていたが、村人と交わることはなかった。

母親と弟の病気を目の当たりにして、何とかしたいと思った長男のジャンは、一時間ほど歩いて、ムハンマドの家を訪れたが、あいにくと留守であった。

応対した男は、長身のアフリカ人だが、ジャンは彼のことを見たことがなかった。

「村のジャンですが、ムハンマドさんはいらっしゃいますか」

少し警戒のまなざしでジャンを見たが、まだ少年とみて安心したのだろう、

「裏の橋の上で、誰かと会っているはずだ」

「ハイわかりました、行ってみます」

近くではなかったが、三百メートルほど坂を上ったところで、急に景色が変わり、細い危なっかしい橋が見えてきた。

その橋のたもとで、誰か知らない男と口論している様子だった。

一瞬ためらったが、思い切って二人に近づいて声をかけた。

「ムハンマドさん、突然で済みませんが、近くの村の者です。母親と弟が高い熱を出しているようで、お父さんはマラリアかも分からないと言っています、何もできないので、ムハンマドさんなら、何か薬を持っているかと思って来ました」

ムハンマドには、村から来た見知らぬ少年に優しくするような気持ちは持ち合わせていなかった。

「マラリアだと、そんなもの人にうつらないよ、ほっとけ」

「でも、去年マラリアで亡くなった人もいたんです」

「だからどうした、たとえ金を払っても、お前らにやる薬なんかないよ」

「お願いです、少しでいいんです」

「金もないくせに、薬をくれだと」

「お願いです、お願いします」

「うるさい、はやく消えろ、蚊でも何でも食って死んでしまえ」

ジャンは何とかしてもらいたいあまり、ムハンマドの腕に手をついて、涙顔でさらに哀願したが、ムハンマドはジャンの手をはらいのけ、思い切り突き飛ばした。

尻もちをついたジャンは立ちあがって再びムハンマドのもとに近寄ったが、その時には彼の拳は固く握られていて、ムハンマドの顔面を力任せに殴っていた。

体の大きなムハンマドにとって、ジャンのパンチは大した効果もなく、かえって相手を怒らせてしまった。

逆上したムハンマドは懐から拳銃を取り出し、威嚇のつもりで足元に一発の銃弾を撃ち込んだが、運悪くジャンのふくらはぎを掠め、ジャンは痛みで崩れ落ちた。

しかし今のジャンにとっては、母親と弟のことで頭がいっぱいで、拳銃の脅威は全く感じていなかった。

足を引きずりながら、自分からムハンマドに向かって行った。その異様な眼差しにむしろ気押されて、一、二歩後退ったことが悲劇の始まりだった。

橋のたもとの不安定な場所に立っていたので、崩れた地面に足を滑らせて、そのまま下の川に向かって仰向けに転落し、更に運の悪いことに石の上に強く頭をたたきつけ、意識が遠のき、全く動かなくなったが、それでも呼吸はしていた。

一緒にいた見知らぬ男も急な展開に驚いて、何かをわめきながら家の方に向かって走り出した。

下に降りてムハンマドの変わり果てた姿に動顚したジャンには、まだかすかに胸が動いていることなど分かるはずもなかった。

ムハンマドは息苦しいがまだ空気は吸えていることに気付きながら、薄れゆく意識の中で自分の過去が走馬灯のように流れ去った。

それからは三日間、石の間に流れ込んだよどみの中に仰向けに横たわっていたが、顔と胸と膝のあたりがわずかに水から出ていた。

まだわずかな意識がある中で、体の感覚はすでになく、眼球は真っ赤に飛び出し、明らかに黄染していた。

顔は紫色に腫れ、口からは赤黒い唾液がたれ、鼻孔からも一筋の血膿が流れ出ていた。

ただ水にひたって死を待つ男の姿ではなかった。

明らかにただ事ではない感染の証しであった。


ムハンマドは仕事の都合で、何度となくチャドの隣国ナイジェリアの首都アブジャを訪れていた。

アブジャの街中では、車で移動中にも、歩いていても、街娼に声を掛けられた。

最近では街中で胸も露わにしたり、お尻を出したりして、遊びを誘っていた。

殆どはそのまま車に乗り込んで来て、道路脇に止めた車の中でのあっけない行為ではあったが、ムハンマドにとっては禁断の、抑制の効かない興奮であった。

既にあられもない恰好なので、そのまま運転席のムハンマドの上にまたがり、彼のズボンを下げさせていきなりの挿入であった。

前の客の残りなのか、彼女の新しい物かはわからない。滑らかな挿入にムハンマドは更に興奮した。

彼女はこれまでに、何度となくイスラム過激派や反政府組織の兵士とも同じような行為に至っていた。

彼女は既にＨＩＶウィルスに感染していたが、その上にあの忌まわしいエボラウィルスが彼女の細胞を破壊し始めようとしている事にまだ気付いていなかった。


ムハンマドの体の周りには、大量の小魚が服の隙間から、あるいは服を噛み切り、服の中に入り込み、体のあらゆる場所をついばんでいた。

食い千切られた肉は内出血を伴ったようなどす黒い色をして、水の動きに揺らめいていた。

感染はこの三日で明らかな症状を出し、ウィルスで細胞が破壊された肉を魚が食べ、水中の生物にも拡散しようというのだろうか。

２０１３年12月18日――夫婦の危機

アフリカには各国からのＮＰＯによる医療活動や、物資の供給、日本の自衛隊などもそうだが国連平和維持活動によるライフラインの確保など、あらゆる支援が提供されている。

２０１３年12月18日、その日アフリカ派遣医師団事務局を訪れた明美を迎えたのは、感じの良い二十歳代のフランス人女性であった。

「本部と電話がつながっていますので、出てください」

「アケミ・ロベールです、書類は見ていただけましたでしょうか」

「ご主人はパスツール研究所のアラン・ロベール先生とお聞きしましたが」

「そうです」

「ご主人は賛成されているのですか」

「あまり喜んではいないと思います」

「必ずしも安全な活動とは言えませんので、問題にはなりませんか」

「二人で相談して、冷却期間を設けることになっています」

「冷却期間ですか、失礼ですが、離婚調停中とかですか、自暴自棄というわけでは」

個人的な事に踏み込んでくる質問に、このくらいはやむを得ないか、と自分に言い聞かせた。

「全くそんなことはありません、むしろこれからの現地での生活に不安を感じていますし、何よりも感染することがとても心配なくらいです」

「分かりました、ご存知かと思いますが、私共の活動は、医療活動にあたるスタッフの安全を第一に考えています。今の言葉で少し安心しました」

「すぐにでも応援頂きたいくらいですが、書類上の契約と同意などがありますので、先生のご準備もあるでしょうから、また連絡を取り合いましょう」

「よろしくお願いします」

幸せな結婚生活だったのに、最近分かった夫アランの裏切り行為に耐えられなくなっていた明美が、ようやく考えついた選択肢であった。

決して自暴自棄ではない。今の自分にとっては、生きることの価値観が見事に変わってしまったのだ。

今までは、与えられた医療を行い、患者とスタッフに愛され、夫の帰りを待ち、いずれは子供を持ち、といった、ごく当たり前の幸せを得るために頑張るのだと、自分に言い聞かせていた。

しかし、最近になって、もっと命をかけてやることがありそうだと、漠然と考え始めていた。それがいつも頭から離れない、忘れることが出来ないアフリカの大地へと繋がっていったのだ。

信じられない程美しいアフリカの大自然と、自然の美しさ以上に、そこに暮らす子供達の美しく輝いた瞳。写真で見ていただけだったのを、実際に二十四歳の時に現地で見た感動は、十二年たった今でも鮮烈な出来事として、明美の目に焼き付いていた。

明美は院長に呼ばれ、何か失態をしたのかと心配しながら、院長室へ入った。

このセントラル病院院長ルカ・マルタンは、かつては大いにもてたであろう、長身で恰幅の良い六十五歳のフランス人外科医だった。

「忙しいところだったかな、どうぞおかけ下さい」

「いえ大丈夫です、失礼します」

「君は聞くところによると、患者さんの人気者のようだ、日本人の観光客からは絶大なる信頼を得ているらしい」

「ありがとうございます」

「ところで君は幾つになったのかな」

「年齢ですか、三十六になりました」

「若くてうらやましいな。早速だが、君を内科の医長に推薦したいが、どうだろうか、内科部長には相談しておいたが」

「大変光栄なことですが、実は私からご相談しようと思っていたところでした」

何か重大な報告を受けるように、院長は腰を浮かして坐り直した。

「三十六歳になって、命をかけて何かをやってみたいと思い、また言いにくい事ですが、主人との間に冷却期間を置きたいと考えていました、すみません上手く表現できなくて」

「上手くいっていないのか。命をかけてとはどういう意味なのかね」

「以前からアフリカ派遣医師団に登録していまして、アフリカの現地で医療活動をするつもりです」

今のアフリカの情勢をある程度知っている院長には、明美の話はあまりにも唐突過ぎた。

「それは残念だが、やめた方が良いとも言えないし」

「このような活動は何年も続けられることではありません、二年くらいで帰ってまいります」

「元気で帰って来られたらということか」

変な事を言ってしまったことを気にした様子を、すかさず明美が返した。

「もし元気で帰って来られたら、もう一度チャンスを与えていただけますか」

「もちろんだとも」

「この病院で働けることはとても幸せです、職員の方達もとても素晴らしいと思っております」

残念そうな院長であったが、明美の決心はすでに固いようで、それ以上は何も言えなかった。

※

その夜のこと、アランに緊急呼び出しの事を詫びながら、明美は静かに話し始めていた。

「私達はもうだめなの」

いつ言い出されるか、ある程度観念していたアランだが、それが今夜なのかと、戸惑いを隠せなかった。

「僕の気持ちは、六年前に君に感じた気持ちに変わりないよ、僕のせいで君に嫌な思いをさせて、済まないと思っている」

「私の気持ちが変わっただけなのかしら、あなたはこれからも私を騙し続けるつもりなの」

騙し続けると言う明美の言葉に、どうしても納得できないアランは、これで二回目になる言い訳、ことの顚末を洗いざらい、正直に話そうと覚悟を決めた。

「君が写真でみた女性とは、僕が東京で君に会う一年ほど前から付き合っていたけれど、僕は君が好きになって直ぐにちゃんと別れていたよ」

「でも、あの写真は……」言いかけた明美を遮って、

「結婚して丁度一カ月過ぎた頃、ある製薬会社の会合で、たまたま出席していた彼女と会ってしまって、会の後の立食パーティーで撮られた写真なんだ」

そこまでで終わりにしておけば良かったものを、馬鹿正直なアランは、会食で飲んだワインのほろ酔いもあってと言い訳しながら、一夜の過ちを犯したことを白状してしまった。

「その後、彼女からの手紙と一緒にあの写真が入っていたんだ、早く捨ててしまえば良かったよ。もちろん後にも先にも、彼女とは付き合ってはいない」

いくら一夜だけとはいえ、アランがその写真を捨てるに捨てられなかったのかと思うと、明美はアランの不誠実さを、とても許せるような心境にはなれなかった。

ただ明美はこの時に、一瞬カールとの関係について考えていた。

自分のことは棚に上げておいて、彼のことだけ責める資格があるのかと。

しかし、自分の場合はあくまでも青春の思い出、アランの場合とは次元が違う話だと、自分に言い聞かせ、口から出かかったカールの話を呑み込んだ。

「私も一人になって、自分を見つめ直してみるわ、何か命をかけて人のために尽くしてみたいの」

「どういう意味なんだ」

「アフリカの医療活動に参加したいの」

「何を馬鹿なことを、今アフリカがどんな状態か分かっているのか、どうしてまたアフリカでないといけないのか」

「知っているわ。エボラ出血熱やエイズなど重症感染症で大変らしいし、イスラム教徒とキリスト教徒の紛争が絶えないとも聞いている。でも私にとってアフリカは特別な存在なの」

「だからなぜ、どうして」

「小学校の時からずっと憧れていたけど、医学部卒業の年に、アフリカツアーに参加して、ケニアの草原、雪を抱いた山々、点在する密林と自然に生きる人達、特にあの可愛らしい子供達の笑顔は忘れられない。あの感激した大地で今起こっている病が私には許せない」

感傷的になっている明美と、現実にエボラと向き合う明美が重ならずに、アランは益々途惑った。

「君が行ったからって、流行が無くなるものでもあるまい、そんな危険をおかしてまで、僕らの結婚を終わりにしたいのか」

「私は今だって貴方を愛しているし尊敬もしている、ただ今の私は貴方を許せないの」

許せないと、はっきり言ったのはこれが初めてではなかったが、今回のはいつもとは重みが違っていた。

「一年か二年か分からないけど、元気に帰って来られたら、その時に結論を出しましょう」

納得出来たわけではなかったが、今のアランにはこれ以上返す言葉がなかった。

「今の僕には理解はできないけど、君の気持ちはよく分かったよ」

アランは、もちろん明美を愛していたし、医師としての明美に一種の尊敬の念をも抱いていた。

全ては自分の優柔不断な行為のせいであること、責任は自分にあることはよく分かっていた。だからこそ、急に出た明美からの言葉が、すぐに離婚という話でなかったことで、むしろほっとした部分があったが、何でまた危険なアフリカでなければならないのか、今のアランには明美の心の奥までは分からなかった。

2013年12月19日——殺戮

この中央アフリカでは、長い間色々な部族の首長を中心に村を形成してきたが、国民はアダマワ・ウバンギ系言語を話す、バヤ族、バンダ族、サラ族などで、伝統宗教とキリスト教が七五％、残りがイスラム教などとされている。

　十九世紀にフランスの植民地化が始まり、軍事クーデターと更に反政府武力紛争が繰り返されて、２０１２年には初めてイスラム教徒の大統領が誕生した。

　その後政権は解散したが、イスラムの武装組織は残り、一般市民への弾圧、キリスト教徒の武装組織との抗争が続き、政情不安から抜け出せていない。

　２０１３年も終わろうとしているが、イスラム教徒の武装集団による村の襲撃が頻繁に起こり、これに対抗しキリスト教徒の民兵組織によるイスラム教徒の虐殺、レイプ、略奪といった殺戮合戦の様相を呈している現状なのだ。

　大変なことになったことを悟ったジャンも慌てて家に走り帰って、相変わらず苦しむ母と弟の状態に不安を感じながらも、今後の対応を相談するため、村の首長を訪ねた。

　ただ黙って聞いていた首長から出た言葉は、

「しばらくこの村から姿を消せ」という指示だった。そうしなければ、

「この村そのものが危険なことになりかねん」とイスラムによる襲撃を心配しての言葉だった。

「病気の母親と弟を残しては行けません」と言うジャンを無理やり説得したのだ。

　熱や嘔吐、下血も見られるようになった母と弟を残し、ジャンはその夜、月明かりの夜陰にまぎれて、バンギを目指して歩き始めた。

その二日後の夜に、イスラム過激派武装団が、村人を殺戮し、焼きつくし、難を逃れた人は一部であったことは知る由もない。

ムハンマドを誤って殺めてしまったことへの報復なのか、たまたまイスラム過激派集団による村の襲撃かは分からない。

唯一つ言えることは、平和に、のどかに、貧しいながらもお互い誠実に暮らしていた村人が殺戮されたことだ。

２０１３年12月19日、この夜遅く、エベは全てが寝静まった深夜、近づいてくる車の音が聞こえたと思った瞬間、あちこちに銃弾が撃ち込まれる音が迫ってきて、その後、家々に火が放たれたことを知った。

急な襲撃に男達は抗うすべもなく、いきなり銃で撃たれ、ある者はナイフで首を切られて惨殺されていった。

交代で弟の面倒をみていたエベは、何事かと咄嗟の判断でのき下に逃れようと走り出した矢先、銃を構えた男に、銃で頭を殴られ昏倒し、そのまま気絶してしまった。

近くに放たれた火のせいで、家のなかが明るく照らされ、そのまま気絶していた方がかえって良かったような光景を無理やり見せられることになってしまった。

男は、熱っぽい、やせ細った母親の上にまたがり凌辱し、異様にぎらついた興奮を、凌辱を楽しむ残忍な表情に変えて、母親の顔に自分の顔を近づけた。

ちまけられた。

その瞬間、どろどろした血液の混ざったような吐物が、母親の口から勢いよく、男の顔にぶちまけられた。

「このあま、何てことしやがる」

激情した男は、近くに置いていた銃で母親の眉間を打ちぬいた。

多くの男たちは、少年も含めて惨殺され、七人ほどの年若い少女達が殺されずに集められ、殺戮現場から連れ去られた。

逃げ延びた村人は五人程であったが、この中にジャンの家族はいなかった。

拉致された少女達の中にも、既に体の変調を来している者達がいて、それは、少年イグを発生源とした、あのおぞましいエボラ発症の始まりであった。

後には血なまぐさい殺戮の臭いと、焦げた木の臭いが残り、焼け落ちた家々の燻りが、夜陰に煙をたなびかせていた。

これらのイスラム過激派組織は、制圧したナイジェリア北東部の拠点に戻りながら、途中ウハム・ペンデ州の村をも襲撃し、悪名高いテロ集団に膨張していった。

2013年12月20日――カルノの行商人

ニジェールの首都ニアメで行商をして暮らしをたてていたイスラム系の住民アリ・ムシャラ

フは、朝から忙しくニアメ中の商社を訪ね歩きまわっていた。

ニジェールは、西アフリカにあるサハラ砂漠の南縁に位置する共和国で、チャドやナイジェリアとも接している。

ニアメは国内最大の都市で、この国の政治、経済の中心的な存在だ。

一つのビルから出てきたアリは、向こうから歩いてくる一見して反政府組織の兵士と分かる三人連れとすれ違うことになってしまった。

その中の一人が、アリに向かって、

「おい、お前タバコ持っていないか」と聞いてきた。

「申し訳ないが、タバコは吸わないので」何となく気押されして、丁寧に言ったつもりであった。

「金がありそうだな、その腕時計くれないか」タバコが目的ではなかったようだ。

「これは仕事上かかせないもので」素直に渡してしまった方が良かったのだろう、

「馬鹿言ってるんじゃないぜ」いきなり腰のナイフをかざして切りつけてきたので、咄嗟に右利きのアリは、体をかわしながら右腕で庇ったため、前腕に十センチメートル程の切創を負ってしまった。

男は彼の左腕から腕時計を無理やり奪い取り、持ち去った。

通行人は誰も彼を庇うでもなく、この出来事を黙って遠巻きに見ているだけであった。

アリを切ったナイフは、腰から抜かれた直後から赤い血で濡れていて、まだ乾いてもいなかった。

誰を傷つけたか分からないが、そのなかにはエボラ発症の村人もいただろう。

誰かの汚れた血液が、今アリの体に侵入しようとしていた。

数日間体調がすぐれず、腕の傷はニアメの病院で縫合処置は受け、疲れた体を少し休めたいと思い、２０１３年12月20日、空路でバンギに帰り、空港近くの友人に預けてあった古いルノーで、家族の待つカルノの村に帰って来たところであった。

ニジェールでは便利屋と言える商いを手広く行ってきたアリだが、四十歳を過ぎ、家族と離れての生活で、無理がたたったせいだと考えていた。

赤く錆びたぽんこつのルノーを動かし、かすむ目で前方を見つめながら、バンギからさほど遠くはないカルノの村を目指していた。

都会的なニジェールでの生活で、接した一人ひとりを思い出せはしないが、今はっきりしているのは、アリの体の中で、何かが動めいて、宿主を攻撃し始めたということだ。

頭痛だけでなくやけに咳き込み、ひどい咳が続くものだから、体中の筋肉に痛みが走った。

彼の妻も、二人の娘達も、部屋中に咳でばらまかれる何かを、肺の中に吸い込んでいたかも知れない。

「お父さん、何か薬があるでしょ、咳止めとか、痛み止めとか」

十六歳になった長女が心配してアリに尋ねた。

「行商の鞄の中にあるから、探してくれ、車の中だ」

しかし、頭痛も咳も治まることはなかったし、何よりもムカムカして何も食べられず、不定期だが強い腹痛で唸るようになった。

翌日になってもかえって悪くなる様子を見て、さすがに妻たちが心配しだした。

「バンギの病院へ連れて行こう」と母親が言う、

「どうやって」と長女は誰に頼めば良いのか分からず、心配そうに問いかける。

「もちろん俺が運転して行くので、皆も一緒に行ってくれ」

心配を掛けまいとアリはやや元気そうに皆に向かって言った。

「どのくらいかかるのかしら」と母親が聞くと、答える元気のない父親の代わりに、前に一度行ったことのある長女が、

「たぶん半日くらい、今出れば、何とか明るいうちに着くよ」と皆を元気づけていた。

初めはアリが何とか運転を続けていたが、一時間もすると、めまいもするし、更に目がかすんできて、ひどい吐き気のため、窓の外に勢いよく嘔吐した。

ぐったりとハンドルに凭れかかった父に、

「運転代わったほうがよくないかい」と心配そうに母が長女に言うと、

「だれが運転するのよ」

「私は無理よ、お前がおやりよ」全く車に触れたこともない母親はそう言うしかなかった。

「私運転したことがないよ」母と長女の押し問答があったが、以前からアリの助手席に乗って、運転を見ていたこともあり、長女は自分がやらなければという気持ちに変わった。

バンギへの道は、サバンナを横断する細い道、点在する樹林帯を分ける道もあった。

何回も小さな川を渡り時々脱輪しそうになった。

通過した村落で危険を感じることもなく、ぐったりしたアリが運転するよりはましで、幹線道路に出てからは、運転する長女も安心し、何とかバンギ近くまで辿り着いた。

助手席には妹が坐り、後部座席に両親が坐っていたが、バンギの街並みが見えるころになると、アリは座席に凭れることも辛くなり、意識が薄れるなかで、

「あーもう駄目かも知れない」

聞き取れないような小さな声でつぶやき、ぐったりと妻の方に崩れかかった。

吐瀉物で体が汚れたアリの体を抱きとめながら、妻は何もできず、アリの顔の吐瀉物をハンカチで拭き取るのがやっとだった。

「アリ、もう少しで病院よ、頑張って」

嘔吐は止まらず、座席のシートのあちこちに吐瀉物の溜まりが出来、車の中には異様な臭気が漂った。

二人の娘は半狂乱になり悲鳴を上げ、一刻も早く病院へ着きたいと思いながら、後ろを振り返る事が出来なかった。

第二章　感染拡大

２０１３年12月20日——パリ発

２０１３年12月20日、パリ、シャルル・ドゴール空港を飛び立った明美を見送った人は、彼女を慕い、信頼する看護師や、数人の同僚医師達だった。異国に嫁いできて、パートナーは見送ってくれなかった。

だが、こうして見送ってくれる仲間がいたことに、明美は泣きたくなるほど嬉しかった。

一人ひとりとハグしながら、最後には明美の顔は涙でくしゃくしゃだった。

それは別れの悲しさではなく、これから向かう不安を振り払ってくれる幸せ感だった。

それゆえ機内におさまって一息ついてから、急にこれから始まる未知への不安が募ってきた。

バンギに着いたら、飛行機から降りられるだろうか。

派遣された医師が、恐怖のあまりに飛行機から降りられずに結局引き返したということを、明美も以前聞いたことがあった。

誰か迎えに来てくれるのだろうか。

バンギは現在どんな状態になっているのだろうか、医師は他に何人いるのだろうか。

ジャンボジェット旅客機がカサブランカ空港に到着するまで、うとうとしていたが、その間も、アランとの記憶がフォトブックのページをめくるように、目の前に次々と浮かんでは消えた。アランの優しげな笑顔を思い出したと思ったら、突然に、裏切られたイザベルの顔が出てきて、そこで慌てて二人の記憶を断ち切った。

カサブランカからＹＳ11のプロペラ機に乗り換え、たった十人くらいの乗客を乗せて、バンギに向けて飛び立った。

他の乗客はバンギには何の目的で行くのだろうか、何となく興味をもって、一人ひとりを観察している自分があり、意外に冷静なことに自分でも驚いていた。

揺れながら小型機がアフリカの大地にバウンドした瞬間、何故かカールの顔が眼前に浮かんで消えた。

何となく想像し多少の不安は感じていたが、アフリカの地がこれから想像を絶する地獄絵を用意して彼女を待っていることを明美はまだ知らない。

２０１３年12月20日――バンギ着

中央アフリカで唯一の定期便が離着陸する国際空港、バンギ・ムポコ空港に着くと、空港にはアフリカ派遣医師団アフリカ支部の担当者、フィリップが迎えに来ていた。

迎えてくれた表情から「御苦労さまです」という感謝の気持ちが滲み出ていたことで、ひとまずほっとした気持ちになった。

空港から病院までの道のりは、乾季のため赤い砂ぼこりを立て、幹線道路とは言えない、内戦で破壊されつくした町の道路であった。

車窓に流れる景色は、いたるところにテントがたてられ、各地から辿り着いたイスラム系避難民が収容されていると説明された。

道路わきに、寝ているのか死んでいるのか分からないように横たわっている人の姿が、やがて人を重ねた大きな塊をなしている光景に、明美は思わず手を口にあてがい絶句した。

「実は私も今回が初めてです。こんな光景に当惑しています」

フィリップも正直に不安な表情を顔に出していた。

これが、私が愛してやまないアフリカ、これから自分が命をかけるアフリカの現実なのか。

持っていたペットボトルに口を付けたが、既に水はなかった。

三十分ほどでやや広い道路わきに建つ白い二階建ての病院に到着し、表玄関前で降ろされた。

迎えてくれたのは、スタッフではなく、待合室で黙って診療の順番を待つうつろな目線だった。

もちろんスタッフには伝えられていたが、この時間帯それぞれが自分のやることで精一杯なため、明美を歓迎する暇すらなかった。

待合室、処置室、病室と案内されながら、スタッフ一人ひとりと会釈し、少ない会話を交わすだけで、初日ははやる気持ちをおさえ、あえて戦場に加わることはしなかった。

まずは現状の分析をしよう、それから長い闘いをすればよいと自分に言い聞かせていた。

どの場所を見てもまさにこれが病院の施設内とは思えないすさまじい状況で、待合室には既に坐って待つこともできずに椅子の前に崩れ落ちたままの恰好の人、部屋の真ん中で寝たように動けない人、錯乱状態でわめいている人などで、比較的広い空間が埋め尽くされていた。

その中には、あのカルノからやっと辿り着いた四人家族の姿があった。

処置室では、一人の医師が対応し、二人がベッドの上で、一人は車椅子のままで、一人は床におかれたままで、点滴を受けていた。

ベッドの上では、敷かれているシートがいたるところで赤黒く染まっていた。

どこも汚物の悪臭が漂っている。

病室は現在二階だけを使用しているようだが、更に異様な雰囲気に包まれていた。

明美が医者になって、日本でもフランスでも、経験したことがない、地獄の光景だった。

今使用されている病棟は四部屋だけで、ベッドには二十四人のみだが、まだ診察すらできていない患者と死亡する患者が多いので、地獄の中ではこれが精一杯の数なのだ。

その日やっと一段落し、スタッフ全員、と言っても一人のナイジェリア人医師、ナイロビ出身の医師、中央アフリカ出身の看護師三人、事務員一人、アフリカ派遣医師団の担当者が当面残ることになって、自分を含めると合計八人であった。

翌日からの自分達の分担を話し合い、一階の奥の空き部屋を病室に変更し、出来るだけスタッフの動きが少なくなるようにしたのは明美の提案だった。

二階から徐々に一階に移し、死亡した時は新たに二階に入れないようにして、一階だけで動けるように、少ない人数での工夫だった。

２０１３年12月20日、こうして中央アフリカ共和国、バンギでの明美の活動が始まろうとしていた。

「さあ、これからだわ」明美は改めて身が引き締まるのを感じていた。

２０１３年12月21日――少年ジャン

ジャンはバンギに向けて、出来るだけ点在する村を避けるように、サバンナと森林を通り、やっと以前訪れたことのある村の外れに辿り着いた。

村の入り口近くで、隠れるようにしてのぞき見たジャンは村の異様な光景に驚かされた。

村に通じる細い道のあちこちに無造作に横たわる人と、血溜まりが目に入った。

先のやや広くなった広場にも、同じように大勢の人が、ある人はうつ伏せに、ある人は手足を異様な角度に折り曲げて仰向けに、ある人はこれから動き出さんばかりの恰好で、既に動かなくなっていたのだ。

「そこの林に一人逃げたぞ」と叫びながら一人の青年が村のほうから走り出てきて、ジャンと鉢合わせになった。

青年はいきなり携帯していた銃を発砲しそうになったが、そこに以前会ったことのある少年の顔を見て、引きかけた撃鉄に入る指の力を抜いた。

「お前、どうしてここにいるんだ」彼は不思議そうな表情をした。

「貴方こそ、この村はどうしたんですか」

青年とこの村の惨状とが繋がらずにジャンは問うていた。

「見ての通りだ。この村はお前も知っているように、イスラム教徒の村だ」

「何のことだか僕には分からないですよ」

「おれたちはイスラム教徒と戦うキリスト教徒民兵団だ」

「どうしてこんな残忍な殺しが必要なんです」

「お前まだそんな事を言っているのかよ」

若者は、ジャンが未だにそのような言葉を口に出すことが不思議だ、と言わんばかりだった。

「どういう意味ですか」

「えー、お前知らないのか、お前の村がイスラム過激派武装団に襲撃され、全ての村の人が殺されたんだぞ」

「それいつのこと」

「噂だと、昨夜らしい」

ジャンはまだ信じられなかったが、目の前の残虐行為に目を戻し、両親や兄弟の顔を思い浮かべた。

わなわなと震えながらがっくりと膝を落とし、乾いた土に両の手をついたが、その手は力なく開かれたままだった。

空に向けた顔は悲痛の表情だったが、悲しみを通り越し、涙は一滴も流れていなかった。

「どうする、一緒に来るか」

「僕にはこんな残酷な仕打ちはできない。だけど今一人で移動はできそうにありません。しばらく考えたいので、一緒に連れて行ってくれますか」

「いずれお前にもわかる。これは仕返しと言うより抵抗運動なんだ」

イスラム過激派組織ではなく、イスラムの一般村民を虐殺しても解決にはならない事を知りながら、いずれジャンはキリスト教徒の同盟団として、殺戮行為に手を血で染めることになるのであろうか。

ジャンは迷いながらも憎しみの連鎖による殺し合いに加わることは出来ず、二日後、仲間に脅され、追われるように部隊から離れ、再び一人バンギをめざした。

バンギは既にキリスト教民兵団による襲撃で避難してきたイスラム系一般市民であふれてい

た。

飲まず食わずで、歩くこともままならない程ふらついた状態で、何とかバンギに辿り着いた。人のことはかまっていられない状況の中で、一人の民兵風の男が、肩を貸してくれて病院に連れて行ってくれた。

ジャンがバンギ病院に連れてこられたのは、２０１３年12月21日のことであった。

ジャンは三日三晩眠り続けたが、少し目覚めると、またすぐ眠りに引きずり込まれた。点滴を受けながら消えかかった命が蘇ってくるのを感じ、四日目に目を覚ました。

以来ジャンは全く言葉を発することはなかった。

体力的には元気が出てはきたが、全ての家族を失ったという事実を知り、また同じキリスト教の仲間が、残酷な殺戮を行うさまを目のあたりにし、彼の心は既にずたずたに切り裂かれていた。

かつての元気で、知的な十四歳の少年の表情は全く窺えなかった。

それでも、今後何とかして生きていかなければならない、という少年なりの不安は目覚めた瞬間からわき起こった。

彼はいきなり自分に刺されていた点滴を抜き、その部位を押さえながらあたりを見回した。

狭い病室には何人もの患者がそれこそ悪臭を放ちながら、うつろな視線をジャンに向けていた。

中には既に息をしていない者もいた。

まだ、内戦が及んでいなかった時に、村近くの学校で教わった、感染予防に関する手洗いと、手の保護の話を思い出し、近くにあったディスポの手袋を装着し、清拭の途中と思われるビニール袋の中に、散乱しているガーゼ、服、点滴の空などを集め出した。

さらに、廊下の手洗い場にあったモップとアルコールを取り出し、床掃除を始めた。

ここが病院であることが分かって、少年ながらに、この場で何かをしていればしばらくは生きて行けるという、動物的な勘による行動であった。

アルコールや除染に必要なビニール袋はＷＨＯや各国の民間団体からの支援でかなり豊富にあり、それらが無造作に置かれていた。

ふと廊下の角に目をやった明美は、おやと目が釘付けになった。

辺りのことには全く興味がないように、一心にアルコールをまき、モップをかけ、汚れ物を集めている少年のうつろな視線が気になった。

近づいていっても、彼の顔は床に向けられたままで、人に対する反応はまったくない。

三つの部屋を見て、今彼が出てきたばかりの部屋に入ってみると、見違えるほど整理されていて、アルコールの香りが立ち込めていた。

少年が収容されてから、ずっと彼の回復を願って付き添ってきた明美が「こんにちは」と声をかけてみたが何の反応もなかった。

約一時間かけて少年が六人部屋の床清掃を終え、前の廊下掃除に差し掛かったところで、看護師のマリが気付いた。

「わあ、すごくいい感じ、アルコールの臭いがこんなに気持ち良いなんて知らなかった。君すごいね」マリの感嘆の一言だった。

「病院がこんなに綺麗になるなんて、考えられないわ」

それでも少年からは何の言葉も出ず、うつろな表情も変わらなかった。

その後、少年は貴重な職員として、病院の環境保全になくてはならない存在になっていった。ただ今の少年の症状は、ズタズタに心が引き裂かれた心的外傷後ストレス障害（ＰＴＳＤ）だった。

その日やっと一段落することになったスタッフ全員で、翌日のお互いの分担を話し合い、一階の奥の空き部屋を俄かの病室に変更し、出来るだけスタッフの動きが少なくなるように明美が提案した通りに動き始めていた。

少年ジャンは相変わらず黙々と清掃を続けていた。

見かねてスタッフが声をかけないと、いつまでも止めそうになかった。

病院の現状説明は受ける必要もなく、既に自分の目で確認できたが、今迄の経緯も含めて話を聞いていた中で、やはり例の少年の話題になった。

誰も口を聞いたことはなく、どこから来たのか、家族がどうなのかなど、まだ彼の名前すら分からないとのことだった。

明美にとって、これからこの少年とかけがえのない人間関係が作られていくことは、この四日間の出会いではまだ知る由もなかった。

2013年12月25日——カルノの四人家族

やっとのことで病院に辿り着いてみると、病院の待合室の混乱ぶりと、異様な悪臭に、既に意識が朦朧としていたアリも、一瞬気つけ薬をかがされたかのように、薄目を開けたが、そのまま家族三人に抱き抱えられて、空いているスペースに身を横たえた。

三人は祈るような気持ちで、どのように順番を待てば良いのか途方に暮れていた。

病院のスタッフらしい人が見当たらないので、しばらくはそのままで待っていた。

やがて、長女が辺りを掃除している少年に気付き、近寄って声を掛けた。

「あの、今父を連れて病院に着いたところなの、父が変なので早く診てもらいたいんですが、どうしたらいいですか」

声を掛けても全く反応がなく、返事もしてくれなかった。

それでもしつこく、次第に声が大きくなってきて、

「誰かに伝えて」と叫ぶような声になっていった。

遠くからこの叫び声を聞いたような気がした明美は、一人の患者の処置が終わったところで、待合室に顔を出した。

そこで、このやり取りが、少年に向けられていることが分かった。

「すぐに診ますから、ちょっと待っていてください、必ずすぐ来ますから」

明美は周囲の状況を見ながら、娘に優しく伝えた。

それから十分程して、午後の四時三十分ごろだったが、明美がその家族の元に行くと、家族三人は、同じ方向を向いてひざまずき、お祈りをしているところであった。

お祈りはすぐに終わり、明美はその場で、アリの診察を始めた。

既にエボラの症状が出そろっていること、家族があまりにも間近に接し続けていることが、気になった。

「この右腕の傷はどうされたのですか」

エボラとの関係はないと思ったが、念のために質問した。

「夫はニジェールで仕事をしていましたが、街で反政府軍の兵士に脅されて、ナイフで切られたと言っておりました」

傷は綺麗に縫われていたが、明らかに化膿していた。

明美は、今アフリカで起こっている恐ろしいウィルス感染について、周りにも同じような患者さんがたくさんいることを、待合室の中を指し示しながら、説明した。

病室に移して、点滴をしたり、傷の処置をすることを説明したが、もう長くはもたないだろうとは敢えて伝えなかった。

アリの病状は、家族の説明では、朝から頻回な嘔吐が起こっていたが、入院後さらに悪化の一途をたどり、三日目からは、典型的な出血が始まっていた。

家族三人は、イスラムの教えに従い、一日五回の祈りを続けていた。

しかし、祈りの甲斐もなく、明美が心配した通り、妻にも感染の兆候が出始めた。

ウィルスによる感染で両親ともに発症したことを、二人の姉妹がどう受け止めるか分からなかったが、このような深刻な状況下であっても、明美は心を込めて説明をした。

「ご両親はとても悪いので、心の中でお別れをしてください」

意味が分からずキョトンとしている姉妹に更に話を続けた。

「このままご両親と一緒にいると、間違いなく貴方達二人にうつってしまいます」

少しずつ患者さんと離れなければならないことに話を進めていった。

「ご両親と離れ離れになるのはとても辛いと思うわ、でも貴方達の大切な命を守るためのお別れなの、わかってくれるかしら」

やっと意味が分かってきて、ただ泣くばかりの姉妹に、

「大丈夫よ、ご両親をお見送りするまで、貴方達のそばにずっといますよ、安心して」

彼女達にずっと寄りそう時間がないことは自分でも分かっていたが、少しでも努力しようと

明美は考えていた。

一日五回のお祈りを、ウィルスで汚染しているかも知れない廊下や待合室で行うのは、彼女達の身にとっても良いことではないと明美は考えた。

以来明美は自分の部屋を、イスラムの祈りのために解放することにした。

これまで明美は、子どもの頃はミッション系の学校で、小さな教会が校内にあったが、卒業後は自分がクリスチャンであるとは認識していなかった。

しかし今の彼女に宗教は一切関係がなかった。

ただ目の前の人に向き合うだけだった。

そうして二人の姉妹は殆どの時間を明美の部屋で過ごすようになった。

いよいよ別れの時が来た。まず父との別れはすでに昨日のことであった。

そして今日がいよいよ母との別れの時であった。

医療スタッフと同じように、きちんと感染防護の準備をして、別れをさせてあげた。

この辛い別れの儀式の意味も、自分達二人でこれからも生きていかなければならないことも、明美から毎日のように聞かされていた。

２０１３年12月25日、たった六日間で両親を失うその日が来た時にも、二人は来るべき時が来たことを充分に悟っていて、しばし号泣はしたが、現実に立ち返るのも早かった。

二人は、本日三回目のお祈りを明美の部屋で済まし、カルノの親戚の元へ戻る決心をした。

一人ひとりを強く抱きしめて、お別れをした明美は、この二人に小さな幸せが来るよう心の中で祈っていた。

長女がバッグから、イスラム女性の顔を覆うブルカを出そうとした。ブルカがないと裸で人前を歩くような屈辱なのだろう。

それでも明美はそっと首を左右にふって、「今はまだこの地区で付けると危険」ダメという意味を伝えた。

姉妹は顔を見合わせていたが、それでもこれからあるかも知れない小さな幸せのためには、一時の心の裸を我慢することは何でもなかった。

歩き始めながらも、何度も何度も明美の方を振り返った。

明美が両手を広げれば、すぐにでも飛び込んできそうな気配を漂わせながら、徐々に土埃にかすんでいった。

両手を広げられない辛さに、明美の顔は涙に濡れ、赤い土埃が頰に降りかかった。

2013年12月26日——ナイジェリア北東部の街

各地で村の襲撃に加わったイスラム過激派武装団は、三台のM－38ジープに乗った兵士わずか十五人であった。機関銃まで備えたトラックで、無抵抗の村を襲撃するには十分の数で、この夜は、バンガスーの村から三十キロ離れた他の村にも、別の十人の兵士が同じような殺戮を行っている。

　これらの戦闘部隊は徐々に集結し、大部隊となって、更に移動を進めている。車に群れをなして乗り込んだ戦闘員たちは、それぞれ自動小銃を高々と掲げ、町の制圧を自ら鼓舞するかのように奇声をあげ、クラクションをならしながらゆっくりと行進していった。

　バンギ村の殺戮でジャンの母親を凌辱したイスラム過激派武装団戦闘員ウダイは、火を放った明かりに照らされた中で、やせ細った母親エマの表情までは分からなかった。

　異様に激情していて、挿入時にわずかな傷を作っていたが、痛みを感じなかった。

　エマの消化管、気管、膣等などにはすでに出血が始まっていた。

　意図的か、憎悪によるものか、エマが勢いよく吐いた血性吐瀉物を浴びた際に、ウダイは少量を肺に吸い込んだ。

　その瞬間から、ウダイの体内には何か恐ろしい微生物が侵入し、寄生し、やがてものすごい勢いでその数を増やしていくことになったのだ。

　誘拐拉致された少女達は、更に他のグループが拉致した少女達を合わせると四十人になっていた。

　彼女達は一台のトラックに集められ、銃を突きつけられ、不安な表情で肩を寄せ合っていたが、既に咳をし、嘔吐が始まっている者もいた。

彼らは七台のジープと二台のトラックを連ね、更に途中の村で殺戮、レイプ、拉致を続けながら、ナイジェリア北東部へ向かった。

途中での休憩中、ウダイは少女の中でも比較的大柄な一人を摑まえ、人の目を気にすることもなく暴力をふるいながら、彼女を犯した。

幼い少女は当然男女の営みをまだ知らない。ただ茫然と抵抗することも出来ずに、覆いかぶさるウダイが苦痛とともに自分の中に入って来るのを堪えていた。

こうして、イスラム過激派武装団は、勢力を増強し、また善良なイスラム系住民をも制圧し、拠点としていたナイジェリア北東部の町に向かっていた。

２０１３年12月26日、バンギの村で凌辱してから七日目、ウダイは急に錯乱状態に陥った。周りで起こっている全ての事象が、彼にとっては恐怖であり、すべてがまぶしく、爆発的に見え、頭が割れるような耐えがたい痛みを感じていた。

彼の眼球はぐるぐる回るように痙攣し、まるで日頃の蛮行を、眼球から追い出そうとするかのような動きに見えた。

さらに他の戦闘員や、少女の中にも同様の錯乱状態の者が続出した。

兵士達はにわかに不安にかられ、まだ多少なりとも思考力の残っているものは、近くの病院へと殺到した。

イスラム過激派武装団がこの街を制圧後、直接市民に危害を加えることはなく、ジープやトラックで移動する戦闘員の隊列を除けば、一見平穏な市民生活が営まれているように錯覚させられるほどだったが、多くの善良なイスラムの一般市民は、この武装集団の中がとんでもない状況になっていることに、まだ誰も気づいていなかった。

町には現地の人がかかる唯一の小規模病院があり、そこで働く一人のナイジェリア人医師、三人の看護師は、避難することもできずにそのまま診療を続けていた。

彼らはアメリカCDCの感染症に対する隔離予防策ガイドラインを熟知しており、今迄のゆとりのある診療においては絶えず気を配っていた。

この頃までには、重篤な錯乱状態という神経症状だけでなく、肺炎症状、出血症状などを訴える者が、戦闘員の間でも、また少女達の中にも続出していた。

ここナイジェリア北東部の病院でも、バンギ病院と全く同じような地獄絵が繰り広げられていくことの始まりであった。

２０１３年12月27日――ナイジェリアの首都アブジャ

ナイジェリアは１９９９年に軍政から民政へ移管し、新大統領のもと経済成長策が進められてきた。

ドイツのフォルクスワーゲン、日本の日産、フランスのルノーなどもナイジェリアで現地生産を開始し経済成長が著しい中で、この同じナイジェリアとは思われない状況が、他の全てのアフリカ各国で起きていた。

日豊自動車、人事担当の吉村直人は、ナイジェリアの首都アブジャで小型車大量生産を進めるため、日本から一年前に派遣され、現地採用の人材集めに毎日奮闘していた。

２０１３年12月27日、今日も一日、ナイジェリア人の採用希望者を相手に、面談を続けていたが、失業者が多い割には労働意欲に欠ける面もあり、本人達の労働意欲を如何に見分けるかが、重要な課題であった。

簡単な履歴書を見ながら話を進めていた。

「御苦労さま、では少し質問させて下さい、お名前は」

「アバブです」

「今迄どこでお仕事を」

「ここアブジャのレストランで働いていました」

「車に興味はありますか」

いつも通り適性を見るための会話を重視していた。

これで今日の面談は終わりだと、気を取り直して、最後になった一人を呼び入れようと名前を呼んだ。

もう一度呼んだが反応がない。

仕方なく自分の方からドアを開けて外の様子を見ようと顔を出した瞬間、フラフラと立ちあがった男が、急に吉村の胸にもたれかかり、長身の男を抱え込む形となって、背の低い吉村の胸の中で、勢いよく嘔吐した。

仕事を終えた工員達が必ずシャワーを浴びて帰るのを思い出し、今浴びた汚物を洗い流しに、シャワー室に向かった。

吐瀉物を浴びた瞬間にも、吐物の飛沫は既に吉村の肺の奥深くに吸い込まれたが、更に吐物を胸に浴びたまま、シャワー室に移動する間にも、風に乗って吉村の体に入り込んでいった。

面談を受ける予定だった男は、すぐに連絡した警備員に近くの病院へ連れて行かれた。

最終面談を終えた結果を整理し、翌日上層部に報告する書類を書きあげて、帰宅しようと身支度をしていた矢先に、予想もしていなかった連絡を受けた。

東京の本社から、人事異動で日本に帰れ、との急な命令だった。

帰国に先立ちまずパリにある日本支社に立ち寄り、フランス、イギリス、ドイツなどEUにおける日本製自動車と日豊自動車の最新情報を収集し、ネット情報ではなく、現地の生の声を直接届けるようにとの業務命令だった。

日本の本社で何があったのか、またどうして自分が呼び戻されることになったかは分からないままであった。

翌日ンナムディ・アジキウェ国際空港を飛び立ってすぐ、遠くにジャングルと海も見えていたが、何となく気分がすぐれず、乗り物酔いのような吐き気とめまいを感じ、軽い咳が時々出るのを抑えようと目をつむったままでいた。

隣の席にはダニエル・モロがいた。彼はアブジャの教育庁で一年間の勤めを終え、パリで勤めている小学校に帰れることになって上機嫌でいた。

ダニエルは、機内で配られた赤ワインにさらに気分が良くなり、しきりに隣の吉村に話しかけ、彼にもワインを勧めた。

人の良い吉村は、飲みたくもないワインをちびちび飲み、喋りたくもない気分にもかかわらず、咳をしながら相槌を打つものだから、ダニエルは益々気分良く、ナイジェリアでの手柄話を続けていた。

約二時間のあいだ、吉村の口から唾液、細かい痰がダニエルの顔にふりまかれ続けた。

２０１３年12月28日――パリ　エボラ発生

２０１３年12月28日、パリ、シャルル・ドゴール空港で降りたダニエルは、そのまま到着ロビーを通り、空港を後にし、地下鉄を利用してパリ郊外の自宅に帰った。

その翌日からは勤務する小学校にいつもの通り通い始めていた。

数日経過したが、彼の体には特別な変化はなく、家族とも、学校の生徒達とも、愛情を込めて向き合っており、ダニエルがとても気に入っている、いつもの生活に戻っていた。

パリ教育委員会の依頼で、アフリカの教育の現状とフランスの果たす役割について報告することになっていた。

いつもダニエルは機嫌よく、全ての生徒を分け隔てすることなく、生徒達一人ひとりと誠実に向き合って接していたので、ダニエルの生徒達にはいじめという陰湿な振る舞いがなく、あっても早くにその芽が摘まれた。

職員にも親達にも大変教育熱心な先生と信頼される存在だった。

だが、吉村と機内の隣の席で二時間以上も話し続けて、何も起こらないはずはなかった。

それから五日後、1月2日の朝から何となく気分がすぐれなかったが、授業中に急に息苦しくなり、大きく咳き込み、発作のように昏倒し痙攣を起こした。

ダニエルの体と、腕も足も、大きく痙攣し、まるで癲癇発作のように、顔の表情まで変わっていた。

大きく目を見開き、口角からは唾液のような泡が垂れ出していた。

自分達が慕っていたモロ先生が、目の前で恐ろしい形相をして痙攣している。

奇声を発するのはまだ驚きの小さかった生徒で、あまりのショックでその場から動けず、中には失禁している生徒もいた。

先生に近寄ることなどできずに、動ける者は後ろに後退った。

職員室に駆け込んだ一人が、他の職員の手を無言で引いてきて、それから更に現場は大パニックとなった。

生徒達の中にも咳をしたり、急に苦しがったりする者が出てきたからだ。

救急車が総動員されて、ダニエルと、また何らかの異常をきたした生徒のすべて十人が、パリ市内の救急病院に搬送された。

間もなく意識を取り戻したダニエルからの聴取で、ナイジェリアのアブジャから乗り合わせた日本人が、ナイジェリアからパリに寄って日本に帰る途中、やけに咳き込んでいたことが伝えられた。

血液採取を受け、すぐにアランの待つパスツール研究所に検体が届けられた。

その結果は、ダニエルの血液検体のエボラウィルスの抗原は、酵素免疫染色法や、免疫測定法で陽性で、血性の痰からは、明らかにフィロウィルス粒子が確認され、エボラ出血熱と診断された。

幸いにも生徒たちからはウィルスは検出されず、いわゆるパニックによる集団ヒステリー症状とされ一段落した。

パリ市内でのエボラ発症のニュースは、世界中を駆け巡った。

元々アフリカとの交流が盛んなフランスでは、既にエボラ感染に備えて、空港、港などでの検疫体制の強化、患者発生時の受け入れ可能な機関の選定、感染隔離病棟の完備を進めてきていた矢先のことであった。

ダニエルは感染隔離病棟のあるパリ・リース病院に収容され、厳重な管理のもとで、さらなる感染の拡大に充分な注意が向けられていた。

診断の確定と同時に、リース病院は外来業務を停止し、全てのスタッフは一時的に病院内に留まり、外との交流が断たれたが、一時的とは言え、スタッフ全員が、限られたスペースに留まることは不可能であった。

いつとはなしに、一人、そしてまた一人と、自分の家に帰宅する者が出て、三日もすると、黙認どころか、公然と帰宅するようになった。

感染拡大に危機感を抱いたフランス厚生省・社会問題担当事務総局のトップであるトゥール・デシャンはその日、大統領のもとを訪れた。

「大統領、とんでもない状況になってきました。これ以上の感染拡大は何としてでも抑えないと、パリに限らず、フランスから他国への影響が出ると想定されます」

自ら、国に向けての談話と発令をする段取りを検討していた大統領は、

「今初めにすべきことは、人的交流を断つため、交通機関の遮断だろうな」

「私もそのように思います」更にデシャンは自分の考えを大統領に伝えた。

「そのために空港も港も閉鎖し、行政など人が集まる全ての公共機関も閉鎖し、パリ市内の交通機関は全て運行を中止すべきだと思います」

「市民の生活物資の供給はどうなる」大統領は市民生活が滞りなく行われることとは裏腹の発令に、戸惑いを感じていた。

「とにかく少しでも感染拡大を防ぐため、一刻も早く発令してください」

その日、ダニエルの入院後間もなくして、ラジオ、テレビを通じて、大統領令により、まずはシャルル・ドゴール空港、アルスナル港を閉鎖し、市内すべての交通機関の運行を中止することが発表された。

それからダニエルが隔離されてから三日後、まずダニエルの生徒達の中で、教室の一番前の席の三人が、インフルエンザ様症状を出し、他の病院の隔離小児病棟に入院となった。

更にその二日後、職員室でダニエルと隣り合わせの教師二人、向かい合わせの教師一人が、同じように高熱と咳、何人かは下痢症状を伴って、いきなり隔離病棟に搬送された。

ダニエルの家族、妻、二人の子供達は、今のところ不思議なことに、変わった症状は見られず、当初は家を出ないように保健所から指示されていたのだが、感染拡大が明らかとなって、家族全員が病院に隔離されることになった。

隔離された後に、家族全員が発症したのは、わずかその二日後であった。

幸い、ダニエルが通勤に使っていた地下鉄の乗客の中からは、空気感染による発症はなく、ひとまず爆発的な拡がりは回避されていた。

入院五日後、ダニエルは、典型的なエボラ出血熱の症状を出し、清潔に保たれるはずの病室も、頻回な嘔吐、吐血、さらに出血を伴う下痢により、完全防護をした看護師が頻回にシーツを変え、清拭をしていたにもかかわらず、悪臭が漂い始めていた。

輸液による厳重な栄養管理が行われていたが、それでも、ダニエルの全身の皮膚や顔には赤くただれた皮膚炎があり、化膿している所もあった。

腎機能低下により尿量が減り、体には浮腫も見られるようになって、担当医はダニエルの輸液量を調節せざるを得ない段階に達していた。

担当医は、感染症専門医ではあったが、今迄にエボラ出血熱を見たこともなかったし、いよいよ地獄のような状況を目の前にして、出来ることなら逃げ出したいと思ったくらいであった。

懸命に看護していた看護師の中の一人は、自分は病気でもないのに、体調が悪いと言って、出勤しなくなった。

間もなくダニエルは静かに息を引き取ったが、同じ頃、同病院に隔離され発症した、ダニエルの同僚三人、生徒三人が重症化し、その二〜三日の後に、全員が亡くなった。

ダニエルの家族達も時を同じくして重症化していた。

心の優しい担当医は、それぞれが別の部屋にいても、お互いの声が聞こえるようにと、母親が子供達に語りかけた言葉、十歳の少年と、十四歳の娘の声をカセットに録音し、それぞれの枕元に流して聞かせた。

「お母さんですよ、お父さんはいま声が出せないので、二人にお話はできないのよ、ご免ね、って言ってるわ。

お母さん、貴方達がもっと大きくなるまで、一緒にいたかったわ。

お母さん、もう疲れちゃったけど、まだ頑張るから、貴方達もあきらめないで、がんばるのよ、……、でももし願いがかなわなくても、天国でまた会えるから、心配しないでね、二人とも、とても愛しているよ」

「おかあさん、お尻から血がでる、こわい、僕死んじゃうのかな、ぼく、いけない子だったかな」興奮気味になって、ここで終わっている。

「お母さん、一緒にいられなくてさびしいよ、お腹もいたい、息がくるしいよ、私どうなっちゃうのかな、……おかあさん大好き、ありがとう」

母親は次第に意識が薄れてくるなか、子どもたちの声を聞いていたが、夢を見ているのだろうか、二人の子供達を抱きしめるように、胸の前に組んだ腕に最後の力が込められた。

病院における隔離、政府による人的交流の遮断、さらに幸いにもダニエルが毎日利用した地下鉄の乗客から一人も発病者が出なかったことで、大都会パリにおけるパンデミックは回避された。

2013年12月29日――東京　エボラ発生

十二月二十八日にパリ、シャルル・ドゴール空港で、上機嫌のダニエルと別れた後、吉村は早速パリ市内にある日豊自動車日本支社を訪れた。

応対した社員の何人かと歓談し、現在本社が開発中の車種についてEU各国の反応などを、社員から直接確認し、また用意しておいてもらったデータを受け取った。

パリの支社で与えられた調査を夜遅くまで続け、何とか満足する成果を確認して、二十三時二十分発のエールフランス・ジャンボジェット機で羽田へ向かって飛び立った。

帰りのパリから隣り合わせになった日本人は全く口もきかず、会釈すらしなかったので、吉村から、咳のシャワーを浴びせられることはなかった。むしろ彼が軽い咳のそぶりをしただけで、いやな顔をして顔をそむけ、新聞紙を広げてみせた。

吉村は、気分の悪い割には寒気もなく、熱っぽい感じはしていなかった。

およそ十二時間のフライトの間、トイレに立った時に、何人かの乗客とすれ違い、二回の機内食サービスに対応したフライトアテンダントと片言の会話もした。

吉村の席は通路側だったので、エールフランスの狭い通路を通る乗客の何人かが、アテンダントの押すカートをよける際に、吉村に寄りかかりそうになった。

羽田空港には２０１３年12月29日、定刻の日本時間十六時三十分に到着し、検疫はフリーパスで、そのまま手荷物を受け取り、リムジンバスを利用して自宅のある横浜に向かった。

バスの乗客は二十人で、ワンマンバスの運転士は一名であった。

バスの中でも吉村の軽い咳は続き、空席があるのが幸い、後部に一人離れて席をとったが、咳き込む彼の周りに席を取る人はいなかった。

ただ、乗車するまでの間に、彼の前に並んでいた青年は後方からもろに咳からでている病原体を吸引していた。

ステップを上がり切ったところで強い息切れと咳き込みがあり、心配そうに顔をむけた運転手には痰と唾液のシャワーをかけることになった。

横浜に着いた時には、乗り物酔いのような気分で、熱も出だしたのか、多少ふらつきながら最後に降り、大きなバッグを受け取った。

夕方の六時三十分に自宅に着いた早々、妻の昭子は、吉村の疲れ切った様子にただならぬ気配を感じた。

「今から病院に行きましょうよ」と妻が言うのに対し、

「大丈夫、昨夜も遅くまで頑張ったので、少し疲れただけだよ」

心配だった妻も夫にそう言われて、様子を見てしまった。

だが、二時間程様子を見ていたが、吉村は益々つらそうな呼吸をするようになり、その後の妻の対応は早かった。

すぐに救急車を要請して、救急病院に搬送された。

夜間の救急当直医は、簡単な診察の後、

「熱もあるので、胸のレントゲン写真とインフルエンザテストをします」と言い、直ぐにその結果が分かり説明した。

「テストは陰性です、単なる風邪でしょう。点滴と抗生物質を出しておきます」

当直医は淡い肺炎の陰影を見落としていた。

さらに、アフリカから帰国した直後であることを気にするふうでもなかった。

病歴を詳しく聞いていた看護師が気にして、

「先生、ナイジェリアから帰国されたばかりだと、奥様が言っておりますが」

「何言ってんだ、エボラでも疑っているのか」医師は横柄な物言いで更に続けた。

「エボラはこんな風邪症状じゃなくて、出血熱と言われる重症感染だぞ」

「でも」

まだ何か物言いたそうな看護師を遮って、

「次の患者さんを呼んで」

まだこの夜に続いていた患者を早く診てしまいたいと、先を急いでいた。

「点滴が終わったらひとまず帰ってもらっていいよ」

最後に駄目押しするように言い添えた。

それから二時間後、点滴を終えた頃には、吉村の状態は更に急激に悪化していた。体中に赤い発疹が出現し、呼吸が苦しそうにあえぎ、聴診器でも明らかに異常な液体の絡む音が聴こえるようになった。この時の血液酸素飽和度は八〇%であった。

さすがに異様な変化に動揺した医師は、大学病院呼吸器科に連絡を入れ、震える声で経過を説明した。

電話に出た呼吸器内科の当直医は、担当医の話を冷静に聞いていたが、やはりただの風邪ではないと直感した。

「先生、ひょっとすると大変なことかも分かりません」

相手が動揺している様子に、敢えて冷静に話していた。

「夜間でなければ、すぐにでも行政対応を仰がなければなりませんが、すでに夜中の十二時近いですし。とにかく紹介状と何かデータがあればまとめておいてください」担当医はこれから先の話を半分上の空で聞いていた。

「私の方から、日本感染症研究所、都南大学医科学研究所にある厚生省国立予防衛生研究所などに連絡をとってみますので、いつでも搬送できる態勢にしておいてください」

しばらくして、電話が返ってきて、

「分かりました、都内港区にある日本医療研究センター病院が受け入れます。救急車のスタッフにも事情を説明して、そちらに向かわせます」

あまりにも手際のよい医師の対応に感激して、返す言葉も見当たらないくらいであった。

その後まもなく受け入れ先の日本医療研究センター病院医師からの電話で、

「患者には今の服の上からガウンを着せて、手袋、N95マスクを装着して、搬送担当者への感染を防ぐようにしてください」などの指示があった。

吉村の入院後のあらゆる検査で、彼の血痰からあの独特なフィロウィルスが確認されて、また血清の抗原検査も陽性で、「日本でもエボラ感染拡大のおそれ」、との報道で、病院前は物々しい雰囲気に包まれた。

警察車両が赤い回転灯を点滅し、何台も列をなし、警察官を運んできたと思われるバスも駐車し、さらに自衛隊員が病院の周りを取り囲んでいた。

医療センター病院は外来患者、その他すべての出入りを禁止、職員すらも、しばらく病院からの出入りを禁止された。

この日、緊急閣議が招集され、首相から国民への声明がなされることになった。

午後十二時のニュースで、伝えられたのは次のような内容であった。

「国民の皆さんも既にご存知のように、今般、東京、神奈川において、アフリカで流行しているエボラ出血熱の感染が明らかとなりました。

幸いにも今のところは限局的な発生です。

しかしこれからが予断を許さない状況です。

政府として次のような発令を致します。

本日から羽田空港、成田空港、もちろんアメリカ軍基地や、自衛隊の使用する空港も閉鎖し、非常時使用のみに限定します。

東京港、横浜港、川崎港も閉鎖します。

人の流れを遮断するために、東京都庁、区役所、神奈川県庁、市役所、各区役所などの公的機関を一時的に閉鎖します。ただし緊急にそなえスタッフの待機態勢は整えます。

東京都、神奈川県の全ての交通機関は運行中止とします。

国民の皆さんは、この非常事態に、できるだけ外出をせず、近くのコンビニエンスストアーで食料や、飲み物を求める時だけにしてください。

他県の皆さんは、今後の状況で同じ規制を受けていただきますが、今のところは東京都と神奈川県への移動は避けてください。

日本経済への影響も考慮し、今のところ他県の空港、港などの閉鎖はしません。

終息の兆しが見えるまで、ご協力お願いします」

首相の発令は以上であった。

吉村が入院した四日後には、バスの同乗者二人と運転手に吉村と似たような呼吸器感染症が明らかとなり、同じ医療センターに収容された。

収容された三人の患者は、特別感染症病棟に収容され、一方、吉村の妻、二人の子供達には、まだ明らかな症状は出ていなかったが、念のために入院措置が取られた。

　特別感染病棟は陰圧に保たれ、患者からの排泄された可能性のある空気は、濾過されて直接外に出される仕組みであった。

　病院の玄関では、女性アナウンサーが甲高い声で、興奮気味に実況中継している様子がテレビで報道されていた。

「四人もの感染者が、野放しにされて、どうして水際で食い止められなかったのでしょうか、今後の成り行きが大変心配されます」

　聞き苦しい甲高い声が、叫ぶように聞こえた。

「国内に入る前の検疫システムを見直さないと、とんでも無いことになるのではないでしょうか」

　もっともらしいことを、盛んに声を大にしてわめいているのが、病院内部で感染症の拡大防禦に努めているだろうスタッフ、感染拡大を食い止めようと病院を取り巻く警察官や自衛隊員とは、何故か異質のものが感じられた。

　エボラウィルスが変異を起こし、空気感染能力を持ったことに、国際報道で大問題となったが、記者会見を行った医療センターの医師は、

「過去にもこのような感染パターンは報告されていて、あり得ないことではありません。ただし低栄養などで患者の免疫力が著しく低下したような場合には、さらなるウィルスの増

殖が食い止められずに、いずれは致死率の高いエボラ出血熱に進んでいくことが充分考えられます」

神妙な面持ちで論評していた。

12月29日の深夜に入院した吉村の容態は、その後刻々と変化し、重症インフルエンザと同じように、まず危険な状態は肺炎症状で、レントゲン検査では、肺全体に白い影が現れた。

患者は勿論呼吸困難を来し、いくら酸素を与えても、血中の酸素飽和度が上がらず、翌12月30日の午後に担当医は仕方なく気管内挿管を行い、人工呼吸の機械、レスピレーターを装着して、強制的に肺に酸素を送り続けた。

脳神経症状については、殆どが眠った状態に管理されていたので、エボラ独特の錯乱状態は定かではなかった。

1月2日には、吉村はまるで水中で溺れているように、ゼコゼコとむせ込み、せっかくの人工呼吸器により上手く酸素を送れなくなるため、看護師が頻回に痰を吸引しなければならなくなったが、この頃になると、まるで血液その物を吸っているようになった。

同時に全身からの出血が始まり、肛門からは小豆色の悪臭を伴った固まりが出、膀胱に入った管からは血尿が始まっていた。

全身の皮膚の色は既に紫がかって、顔の額から僅かに出た汗も血性だった。

吉村の体中を、ウィルスと免疫力の低下で二次感染となった他の細菌も、一緒に駆け廻り、あらゆる臓器を破壊していった。

経過入院となっていた吉村の家族達は、殆ど吉村と接していなかったため、幸いにも、発症しなかった。

1月3日に吉村本人が、その六日後にリムジンバスの運転手と二人の乗客が亡くなった。

医師も、看護師も疲労困憊の状態で、いつ自分達も同じようにならないか、不安を感じながら、かつては、「インフルエンザだって診たくはない、ましてエイズなんか絶対に診ない」とまで言っていた若い医師も、逃げ出さずに、まるで何かに憑かれたように、黙々と診療に携わっていた。

1月10日までにこの医療センターで、エボラ出血熱にかかって亡くなった患者は、吉村本人と、吉村が直接接した三人に留まっていた。

但し、従来エボラは空気感染、飛沫感染はなく、血液や、体液に直接触れなければ感染しないとされていただけに、担当医師達も、今回の感染に脅威を感じ、まだ安心はできないと考えていた。

後に厚生労働大臣は記者会見において、

「東京、神奈川という大都会においても、速やかな人の隔離や、交通遮断により、ひとまず今回はパンデミックには至りませんでした。もし、インフルエンザのように、簡単に空気感染するウィルスに変異する可能性があると考えると、今回の空港での検疫のあり方なども含めて、薄氷を踏む思いです。
政府としても、今回の発生を教訓として、さらに対策を強化したいと考えます」
今回の事で、大分勉強させられたのであろう。

第三章　闘い

2014年2月5日――二人の青年

今日も待合室は朝からごった返し、もうすでに手遅れと思われる患者も辿り着いていて、誰がつれて来たかわからないが、死相漂う顔、体全体の皮膚のただれ、発疹、全身からの出血が始まっていた。

その患者のトリアージでは、手の施しようのない重症と評価され、その後まもなく息を引き取った。

いままで死体の対応にスタッフはかなり困難を感じていたが、明美は直接フランス軍司令官に談判し感染拡大防止にとって遺体の処理は大変重要であることを説明し理解を求めた。

事務を担当する二人が手際よく軍の指令室に連絡し、細菌兵器や毒ガスに対する特別防護服に身をまとった兵士が、死体をその都度病院から撤去した後、軍は一カ所に集めて焼却処理をしていた。

この繰り返しは一日に二回、昼と夕に引き取ってもらうことになっていた。

軍も道端での遺体は仕方がないとしても、医療機関としての環境保全と感染防御ということには協力せざるを得なかった。

亡骸に強い慈しみを込める遺族にとっては、遺体の焼却は辛い行為ではあったが、明美は慈愛を込めて日々説得を繰り返していた。

こうして今日も、明美にとって辛い一日が終わろうとしている。

病室のなかで、隣どうしの患者が言い争っている。

初めのうちはお互いに点滴を受けながら、寝たままでののしり合っていたが、明美が病室に行ってみると、二人の青年が坐って腕だけで威嚇するように、さらに口汚く相手を責め立てている様子であった。

現地の言葉でやりあう喧嘩では、よく分からない明美にも、何か互いの憎悪の気持ちをぶちまけているのは分かった。

二人はいつまでも坐っていることが出来ず、すぐに横になってしまった。

駆けつけた看護師に説明してもらうと、二人は同じアフリカ共和国の人だが、違う部族の人で、何よりもキリスト教徒とイスラム教徒だと言う。それぞれの部落がお互いの民兵に襲撃されているため、お互いに許せない、憎しみを感じながら毎日隣のベッドで寝起きしているが、殆ど寝たきりの二人には、起き上がって争う元気すらない。

自分が何の病気か、これからどんな運命を辿るかも分かっていない。

日々点滴を受けながらも、何か自分の体のなかに異常事態が起こっていることを感じていた。

自分の運命をある程度自覚するようになり、ただならぬ自分の変化を知るようになったのは、隣のベッドにいる自分と同じような境遇で横たわる青年の日々の変化を冷静に受け止める自分がいて、互いに自分達の運命を教えてくれる、鏡を見ているような錯覚を覚えていたからだ。

二人とも何か奇妙な気持ちを同時に感じ始めていた。何なんだろう、自分でも分からない不思議な感情だった。

明美はただ黙って遠くから二人を見ていることしか出来なかった。

「お前名前は何と言うの」

「ペータだ、お前は」

「ジョアンだ」

何となくぎこちない二人の会話が始まった。

「ジョアン、どこから来た」

「生まれたのはナイロビの近く、分かるかい」

「知っているよ、友達がいた、とても綺麗なところで、何て言ったかな、きれいな湖があるって聞いたことがあるよ」

「ヴィクトリア湖だろう」

「そうだそこだよ、お前はどこから」

「おれはこの国のバンギの村で生まれたんだ」

「そうか、俺にとって今はここが故郷だ。俺にも友達はいたよ。川がとてもきれいだし、美味しい魚がとれるしね」

「ウバンギ川だろう」

「そう、そうだ」

疲れ切った二人だが故郷の話ともなると、一瞬目が輝いた。

「何でキリスト教徒になったのかい」

「何でお前はイスラム教徒なんかに」

「どうして俺達違う宗教になったのかな、何が違っちゃったのだろう」

「同じ友達だったかも知れないね」

「そうだな」

まるで宗教の違いが人間の不幸を招いているとでも言うようであった。

そばで掃除をしていた少年ジャンはこの会話を聞いていたが、この病院に来て初めて人の話に興味を示した様子だった。

しかし、ジャンはうつろな二人の視線を感じ目をそむけ、また黙々と清掃作業に戻った。

更に二人の症状は悪化していった。

お互いの顔の表情、顔の色の変化を見ながら、お互いの死期を悟っているようにも見えたが、もし隣にお互いがいなければ、錯乱状態に近い不安を感じたであろう。

今では、お互いに自分を冷静に受け止められるのは、隣にもう一人自分がいるからと、奇妙な気持ちが芽生えていて、時々薄れる意識の中で、どちらともなく手を差し伸べ、しっかりと手を取りあった。

「お前がそばにいてくれて良かったよ」

「俺も同じ気持ちだよ」

「うとうとしていて、なんか全てを許せる気持ちだよ」

「俺もそんな感じになってる」

次第に二人の表情には、人を受け入れる穏やかさが表れていた。

「あいつもかわいそうなやつだけど、まだ生きていけるだけ幸せさ」

「あいつ？」

「あいつ、キリスト教徒で、部落がイスラムのやつらに襲われて、家族が殺されたんだ。あいつだけその場にいなかったので助かったんだよ。

ここに来る途中、俺達キリスト教民兵団がお前達イスラムの村を襲ったのを見ていた。

その時、あいつの村のことを教えたけど、あいつは他の村を襲うことに手を貸さなかったんだ。

そんな彼を、俺の仲間がライフルで撃ちそうになって、逃げ出したんだよ」

「あいつはどうやって憎しみを抑えているんだろうか」

互いに、今の自分なら憎悪の感情を仕舞い込めそうだと思いながら、次第に息苦しくなってきた。

「喋りすぎたみたい、苦しくなってきたよ」

「少し休もう」

「うん」

そうして手を繋いだまま二人は意識が薄れていくのを感じた。

数分後ぽつりと、どちらともなく、

「あいつかわいそうだね」

「うん、俺たちよりもね」

「うん」

その時、ジャンは静かに近づいて、両の手袋をはずし、ふたりの腫れあがった手を、両方の手でそっと包み込んだ。

二人の頰に一筋の涙が流れ、ジャンの目にも涙が溢れていた。

しばらく手を握ったまま動かなかったが、二人の息はすでに止まっていた。

それでもジャンは手を離すことはなかった。

二人の最後の涙は、一筋の血液だった。

明美はそっとジャンの手をほどき彼の体を思い切り抱きしめた。

そしてしばらく二人は抱き合ったまま泣いた。

しばらく抱き合ったまま、明美はやっと口にした。

「お名前は」

「ジャン」

「ジャン、いいお名前ね、私は明美、よろしくね」

ジャンが明美のもとに現れて四十五日が経過した、２０１４年2月5日、この時から、ジャンの心の氷が少しずつ溶けていった。

2014年3月1日――中央アフリカの各地

フランス軍、アフリカ連合軍がイスラム過激派武装集団による村の襲撃を阻止し、民間人の保護を強化するため、各地に部隊を配置しつつあった。

イスラム民兵組織はイスラム系民族の住む村の協力も取り付けて、他の民間人を攻撃する。その中にはキリスト教徒の部落もあり、今度は善良なイスラム系住民が、逆に彼らの報復を受ける憎しみの連鎖へと、まるでフィロウィルスの糸の絡まりのように、複雑な人間同士の争いに発展している。

さらには人道支援団体をも襲撃して、物資、自動車などを略奪、拉致に身代金を要求するなどの行為に、人道支援活動にも危険を伴う現状で、明美の活動はまさにそんな状況下で展開されていた。

中央アフリカ各地での感染の実態を把握しない限り、今後の感染撲滅は不可能と考え、２０１４年３月１日、明美はフランス軍部の拠点バンギにある指令室を訪れた。

アフリカ連合軍、中央アフリカ総司令官はニコラ・デュランといった。

「それで感染媒介の動物は何かね、ドクター」

「今のところまだ分かりません、最初は蝙蝠という説もありましたが、その後は猿という説もあります」

「人から人へはどうやってうつるのですか、ドクター」

「今までは、直接汚染物に触れて感染すると言われ、限られた地域での感染と考えられてきました。今回のような多地域での爆発的な感染となりますと、従来のエボラとは異なり、さらに変異したか、あるいは別のウィルスも考えられます」

「実際に治療が可能かね」

「重篤な症状が出てからでは難しいと思います。ただ、まだ不顕性感染といって症状が明らかでないような人が見分けられたら、感染拡大に役立つと思います」

「取りあえず何をすればいいのかね、ドクター」

「まず私なりに現状を見て、そして可能な医療を進めたいと思います。軍に同行させていただけますでしょうか。近郊の村を回ってみたいのです」

司令官デュランは、明美の熱意を感じ取り、早速、明日から同行させてくれることになった。それから毎日のように、軍のＭ－６０６ジープに乗って、軍に守られながら、各地の部落を回り、治療を続けることになった。

ジープの後部座席には必要な医療品、医薬品、点滴セット、ディスポーザブルの消毒薬や器具などが置かれていた。

バンギに通ずるビンボ、ンバイキ、ボサンゴア、カガバンドロ、ブリア、バンバリ、ベラベラティ、ノラなどに通ずる幹線道路はすでに軍によって封鎖され、感染部落の隔離政策がとられ始めていた。

必ず彼女の傍らには少年ジャンがいて片時も離れることはなかった。

ある部落に差し掛かったところ、村民の多くが集落の外に集まって、まるで恐ろしい物を遠巻きにでもするような雰囲気であった。

不安げな村民を分けて、必要な医療部品の搬送をジャンと兵士に依頼し、一つの小屋に入って行った。

血液の腐った臭いなのか、ただならぬ悪臭が充満する、湿った空気の中で、幼い子供から老人まで、およそ十人の村人が横たわっていた。

今にも呼吸が止まりそうな動かない人、押さえつけないとじっとしていられない人、皆が皆、口や鼻、そして股の間から流れ出した茶色やどす黒い汚物の溜まりの中で、横たわっていた。その中にまだ意識がしっかりし、助けてという目線を送っている子供がいた。

明美は迷わずその子の前へ行き、点滴の準備をして、「大丈夫よ、大丈夫よ」となだめながら、静かに点滴の針を刺して固定した。

この子にしても他に為すすべがないことが、彼女にとってはたまらなく辛かった。

部落での遺体は、野生動物が食べれば、更に感染の拡散に繋がるため、既に放置されている遺体の焼却を軍に依頼した。

バンギの病院でもキリスト教民兵団の虐殺から逃れて避難してきた難民が、連日あふれかえり、待機する場所もない程にごった返し、日に日に衛生環境が劣悪化しつつある中、時に軍に依頼し、徹底的に消毒を行った。

次亜塩素系の消毒希釈薬剤、さらに時間をずらしてアルコールの噴霧を全館に、燃える汚染物は可能なかぎりビニール袋に収納し、焼却してもらった。

それでも絶えず訪れる重症患者の対応で、疲れ切った明美の集中力にも限界があった。

常にディスポの防具服、ゴーグル、N95マスク、ゴム長靴を着用し、長靴と足の間もディスポの紙でおおい、すき間はテープで固定していた。もちろん手袋は三枚重ね、手首をテープで巻いて固定していた。

処置で感染の可能性があるとしたら、露出した部分、例えば顔の傷や、手袋の穴、自分の手への針刺し、マスクの不完全な装着などであった。

その日、次の部落でも同じように悲惨な状況が待っていた。

部落内で隔離されたように、重傷者が集められた小屋の中でのことであった。

いつものように薄暗い小屋の中は、いずこも同じような悪臭が漂っていたが、いつもと違うように感じられたのは、この医療行為そのものと、軍に守られている明美に対し、敵対するような、恨みのこもった視線だった。

この村においても、かつては平和な、美しい大地に、人々は何も多くは望まず、誠実な暮らしを営んできた。

しかし、フランス軍が来て、イスラムに武装解除を強いてからは、敵対するキリスト教民兵団にとって無抵抗な餌食となり、多くの村人が虐殺された経緯があったのだ。

急に暴れ出して点滴がはずれ、血管内に刺入した針の中には患者の血液が満たされた状態で、勢いよく針が空中に振られた拍子に、明美の左手の第一指に刺さってしまった。

明らかに痛みを感じた明美は、針刺しは最も注意していたことでもあったので、この過ちに気が動顚した。

「今迄、針刺しなど一度もなかったのに、どうして今なの」

「大丈夫、大丈夫だよ」

今回もそばにいたジャンが何事もなかったように、明美を支えて落ち着かせてくれた。

彼の機転は一体何なのだろうか、何の医学的知識もないのに、感染症の恐さを誰よりも理解して、そっと労わるように、明美を近くの手洗い場所へと誘導した。

三重の手袋をまず流水で洗い流し、しばらく眺めていた。

手袋内に血液は透けて見えていない。指先が裂けた手袋を一枚脱いで、次いで二枚目の手袋にも裂け目が見えた。それから二枚目を脱いだ。

最後の一枚目の手袋を二人でのぞきこんだ。

左第一指の先端部に裂け目があったが、最後まで指が入っておらず、手袋の先端に遊びがあった。

痛みを感じたのは、恐怖から来る錯覚だったのか。

まだ、押し寄せる不安を感じながら、最後の一枚を脱いだ。

指に傷はなかった。

安堵のため、膝の力がぬけたような気分になり、思わずジャンの顔を見た。

ジャンの目に一筋の涙が溢れ出たのを見て、明美の目にも涙が溢れてきた。

感染を免れた安心感もあったが、それ以上にジャンの嬉しそうな涙に心を打たれたのだった。

そこに言葉はいらなかった。

２０１４年３月３日――難民キャンプ

フランス軍は当初、キリスト教系の住民からも、イスラム教系住民からも、紛争解決に向けた鎮圧のため受け入れられていたが、イスラム勢力の武装行為に対し、イスラム組織への武力による武装解除を行ったため、武力を持たないイスラム系市民団はキリスト教徒の復讐の餌食にされるといった、何とも複雑な負の連鎖が繋がってしまっている。

最近では双方の不信もあり、アフリカ連合軍とも協力して、治安維持に当たっている現状がある。

バンギにおいてはその時々で、勢力図が変わるので、避難民の様相も変わらざるを得ない。ただ一つだけ明らかなことは、イスラム教系、キリスト教系、あるいはどちらにも属さない民族が、紛争を逃れ、病を背負って、生きるために避難してきているという現実だ。

これほどまでに人の命が粗末に扱われて良いものか、明美は途方にくれた。

病院から近い幹線道路脇にも、赤土の埃っぽい中でのテント村がたくさんあったが、そのどれもが、明美にとっては想像を絶する地獄絵図であった。

２０１４年３月３日、この日いつものように厳重に手袋を重ね、手首をテープで巻き、ゴム靴の足元もカバーとテープで保護し、皮膚の露出がないように気を付けて、あるテントの中を覗いた。

やや暗いテントに目がなれて、いきなり飛び込んできた光景は、後に何度か夜中にうなされることになった光景だった。

付き添っていた兵士が、懐中電灯で照らしてくれたので、テント内に転がっていた人達の、落ち窪んだ眼窩からはみ出さんばかりに見開かれた、異様に充血して、しかもうつろに死んだような、いくつもの目が明美を捕らえた。

テント内には日本でも、フランスでも一度も嗅いだこともないような異様な臭気がこもっていた。

床にはシートが敷かれているが、どの場所にも硬直したように横たわる体の脇から染み出ている、どす黒い液体が下半身全体を汚している。

既に呼吸をしていない者がいるかと思えば、最後の断末魔のように痙攣している者もいた。

兵士の説明で、このテント内はもう手の施しようもない人たちです、と告げられた。

「何をしにアフリカに来たの」と自問しながらも、

「いつかは必ず命を助ける行動が出来る、それまでは出来るだけこの不幸に寄りそうことにしよう、他に何が出来るの」と強く思った。

その中で、明美に訴えるような視線を感じ、一人の女性のそばに跪いた明美はそっと手をさしのべ、

「大丈夫、大丈夫よ」と女性の手をさすっていた。

殆ど呼吸が止まりかけていたその女性の頬に一筋の涙が流れ、それが最期の知らせであった。感傷に浸っている暇などない、さらに隣のテントに移動していった。

そこでも男も女もなく横たえられていたが、隣のテントよりはまだしっかりとした目線を見た明美は、一人ひとりに語りかけながら、状態を確認していった。

中には明らかに感染症の症状はなく、ただ栄養状態が極度に悪く、まるで癌の末期のような容貌の男性が、出血で汚れた人の隣に、その汚染物に正に触れそうな近さで横たえられていて、愕然とした明美は、すぐさま兵士に依頼してひとまずテントの外に誘導した。

「済みません、この人を他のテントに移動してください」

こんな時にジャンの機転はすばらしく、すぐさま他のテントを調べて回り、比較的に衛生的に保たれているテントへ移す指示を兵士にした。

今では、スタッフの一員として、兵士たちにも一目置かれているジャンを馬鹿にする者はなかった。

低栄養や脱水症は治せる、免疫力がつけば感染症にもかかりにくくなる、医療の現実を悟りながら、自分を慰めていた。

それから毎日点滴を行い、少し元気が出てからは、準備されているパック栄養食を与えていった。

むなしい医療行為とは異なり、見違えるように元気を取り戻していった。

ただ現実にはこれから彼はどうやって生きていくのだろうか。今の明美にはそれを考えることも、何かをしてあげることも出来なかった。

今目の前にある命に向き合うことだけに専念し、明美は視線を別の場所に向けた。

明美の目の前で、まるで頼りない自分に当てつけるかのように、夫婦が言い争い、

「俺達がうつってしまうぞ、早くそいつを捨てるんだ、仕方がないだろう」

夫は妻が抱いている赤ん坊を奪い取り、傍に横たわっている遺体に向かって、赤ん坊を投げたが、柔らかな遺体に当たって転がった。

遺体の皮膚の裂け目、開いた腹部の一部、鼻孔からウジ虫が蠢いて見えた。

茫然とする母親より早く、咄嗟に近寄った明美は赤ん坊を抱き上げた。

赤ん坊は一歳くらいだろうか、老人のような皮膚の皺があり、まるで牛蒡のような腕の細さは異様だが、目だけはきらきらと輝いていた。

この子は絶対助かるはず、たとえエボラであっても、この子は助かる。

そう自己暗示に近い気持ちを持って、治療に没頭することにした。

近くのテントに運び、観察したが、極度に栄養状態は悪く、脱水症も激しく、当てられたオムツからしみ出た下痢便は、明らかな血便で、異様な臭気を発していた。

貧血は強いが、眼球に出血や充血はない。口腔内にも出血はない。体に発疹はない。

胸の呼吸音は悪くない。腹部に腹水はない。脾臓も腫れていない。足に浮腫はない。

こんなエボラはないはずだ、たとえそうでも出来るだけ寄り添おう。

その日から、毎日体の清潔を保ち、テント内の周りの環境はジャンが見事に整え、点滴は毎日刺さなくても良いように、留置針を使用して、点滴には糖分濃度の高いパックを選んだ。

一時的には脱水の改善で、快方に向かうかに見えたが、治療を開始して五日目に、赤ん坊は突然、血性の嘔吐と、血性下痢が悪化した。

初めに見たあの目の輝きは消え、落ち込んで眼窩に埋もれ死んだような目に映って見えたのは、まさに恐れるエボラの症状であった。

エボラの致死率は八〇％くらいのはず、必死で闘っている二〇％は助かるのだから、治療を諦めるわけにはいかない。

生死を分けるものが何かは明美にも分からない。

それからさらに五日が経過し、症状に変化はなかったが、開始からはすでに十日以上たっていた。それなのに何とか持ちこたえている。

明美は必死にやれることをやった。「エボラでないとしたら、腸管出血を伴う感染症だってある。念のために抗生物質は忘れないようにしよう」

肺炎にならないように、ガーゼ一枚でもいいだろうと考え、一枚湿らせたガーゼを口の上にあてがい、母親に時々濡らしてあげるように指示した。

「赤ん坊がウィルスか他の微生物に勝つとしたら、それは赤ん坊の生命力だ」明美はそう思った。

　さらにそれから五日が経過し、正に薄皮を剥がすように赤ん坊は元気になっていった。奇跡のような赤ん坊の生還に、自分の分身を投げ捨てた父親は、わが子に頬ずりしながら、「俺は何てことをしたんだ、済まない、本当にごめん」それ以上に出てくる言葉もなく、ただ泣くばかりであった。

　このアフリカという大地で、毎日目撃しなければならないあっけない命の終焉と対比するように、諦めかけた、しかも冷酷な仕打ちの後に蘇った命への慈しみは、喜びと後悔によって何倍にも増幅されていた。

２０１４年３月５日――電話

　２０１４年３月５日、明美は、日々の活動で得られた、患者からの検体の処理について情報を得ようと、パリのアランに電話をかけた。

「アラン、お願いがあるの」

「元気なのか、大丈夫か」

「ええ、元気よ、早速だけど、こっちは爆発的な感染で、ここ中央アフリカのいろんな部落が壊滅的なの、何も対応もできていないので、大変なの」

「そんな状況で居続けたら、君もそのうちに必ずうつるぞ」

「最大限の注意をはらっているつもりよ」

「お願いと言うのは、ウィルスの検出に必要な物を教えて欲しいの。

出発前、貴方ともっと色々話ができればよかったのに、あなたを拒否していたから」

「検体は何からとるんだい」

「病院の患者さんからは血液や分泌物を、部落の人からは、遺体の血液や組織の一部、それから体液を」

「ウィルス専用の容器はあるが、それをどうやって輸送するかだな。

それより、君がそんなに夢中になっているのが考えられないよ、何がそうさせたんだい、僕へのあてつけかな」

アランはまだ明美がアフリカでエボラと闘っている現実感が湧いて来なかった。

「お願い協力して」

長い話をしたくはない気分の明美は、どうしても現実的な話に戻してしまっていた。

「分かった、少し時間をくれるかい、明日までに返事をするよ」

「ありがとう、ところで本当に効く薬やワクチンはまだないのね」

明美も効く薬のない事はわかっていたが、ひょっとしたら何か新しい展開があったかも知れないと思い聞いた。

「今のところはまだ、でも試験的に試されている物はあるよ」

「何か情報あったら教えて」

翌日早速アランから連絡を受けた。

「検体の入れ物には小さな組織、血液、分泌物であれば、ウィルス採取・輸送用培地がある。輸送にはバッテリー式の冷蔵・冷凍の状態で輸送できる保冷庫がある。大きな臓器とかは無理だけど」

「大丈夫、死体解剖して研究するつもりはないから」

冗談のつもりではない明美の本音であった。

「そろったら出来るだけ早く送るけど、宛先は中央アフリカ共和国、バンギ、バンギ病院でいいかい」

「それで十分だけど、ちゃんとこちらに郵送されてくるかはわからないけれどね」

「まあとにかく送るよ」

「こちらから検体を送るのは、感染性の物を一般物と一緒に送るわけにはいかないので、恐らくアフリカ連合軍かフランス軍に輸送をお願いしないといけないと思うわ」

「多分軍部には小型輸送機はないと思うよ。C1輸送機が使用されるのだろう、航路は旅客機航路と同じだろうが、上空を通過する各国には、事前に許可を得ないとね」

「そこのとこはよく分からないわ」

「ところで、本当に元気なんだね」

「とても元気、自分のことを考えている暇もないくらいよ」

「君の逞しさには驚いているよ」

「逞しくなんかないわ、いつも感染の不安を感じているわ」

「君がいなくて毎日がむなしいよ」

どうしても明美と普通の会話に戻したいアランだったが、

「今はまだそんな台詞を吐かないで、お願い」

「分かってるよ」

「じゃ早く送ってね」

「分かった」

とにかく事務的に必要な話だけで済ませたい明美であった。

２０１４年３月15日――パスツール研究所

２０１４年３月15日、アランのもとに明美から届いた検体は、患者の血液が十人分、恐らく血液が混じった分泌物五検体、小さな組織が二検体、最重要と記された五検体は普通の痰と思われるような黄色のサンプルであった。

それぞれに番号が付され、患者の名前、採取日、サンプルの内容が記された紙がシールで包まれて同封されていた。

アランには最重要の意味は分からなかったが、結果が出たら聞いてみようと思った。

アランもレベル四の危険なウィルスを再び扱うことの不安も感じていたが、そんな不安は日々アフリカで危険と隣り合わせで生きている明美のことを考えたら、どうでもないような気がした。

いつもながらその検査を進める順番には迷うのである。実際にウィルスがいるのか、多いのか、少ないのか、他の微生物の可能性は。

それによっては相応しい培養によって数を増加させて検索しなければならない。

アランは基本的な知識を整理しながら、まず明美が闘っているはずのエボラを想定して、送られてきた検体を、一つは分泌物と組織、もう一つは血液とに分けて検討することにした。

ウィルスを直接検出するために、アランはまず直接、検体中のウィルス粒子の検出を、電子顕微鏡、特に染色することで、ウィルス粒子の表面構造を確認することにした。

次にウィルスの抗原を直接検出するためウィルスの抗体を用いた、免疫染色を施し、蛍光顕微鏡で観察する手段を併用しようと考えた。

更に血清からウィルス特異IgM抗体を確認することが大切だ、反応がなければ培養してから、繰り返すことにしよう、そんな検査の構想を練って、検査に打ち込んでいった。

アランの気持ちは複雑なものだった。

これらの検体は、明美本人の体から採取された分泌物と血液を検査しているような錯覚に陥ったからだ。

さらに、結果が何も出ないで不明のまま危険な医療活動を続けるのか、あるいは明らかにエボラという凶暴なウィルスの存在が確認されてしまうのか、どちらも耐えがたい状況に思えたからだ。

日頃の検査中にはこれほど動揺したことがないのに、全ての処理において、彼の手は小刻みに震えていた。

そして、分泌物や、組織の全てにおいて、あの忌まわしい形をした、リボンか、紐か、スパゲッティを結んだようなウィルスが、まるでくねくねと動き出しそうな、こちらに向かって飛びかかってきそうな顔付きをして、アランを睨みつけていた。

最重要と記された五検体のなかで、ウィルス粒子が確認されたのは、三検体からであった。

つまり、抗原はあって明らかに感染はしているが、まだ分泌物にはウィルスが存在していないか、非常に僅かと考えられる結果であった。

この最重要の結果が、エボラのインフルエンザ様、飛沫感染あるいは空気感染を示すデータであった。

明美から送られてきた血液からは、抗原検査は全てが陽性であったが、特異IgM抗体が検出されたのはおよそ半分であった。

感染直後には抗体は陽性にならない、恐らくこの陽性例は、既に死期が近いか、回復期にあるのだろうと、アランは考えていた。

明美は、この患者達が発症して大分時間がたってかなり重症化してから診療に接しているのではないか。

アランは詳しい説明がないまま、明美の置かれた状況に不安を募らせていた。

最重要とされた検体が、凶暴性を持ったウィルスなのか、感染しても助かる可能性のあるウィルスなのか、今のアランには知る由もなかった。

2014年4月14日——恐怖

相変わらず病院は毎日がERの状況で、患者のトリアージで緊急性を医師三人で確認しながら奮闘する毎日であった。

2014年4月14日、この日、担ぎ込まれた患者には既に死相が漂っていて、いつもの光景のごとく、股の間からは腐敗臭の強いどす黒い液の中に、明らかに溶けたような腸粘膜が見られ、この時いつもと違っていて明美を驚かしたのは、肛門から黒く変色した腸そのものが脱出していることだった。

そんな状態にもかかわらず、まだかすかな意識とうつろな視線で、明美に訴えるようにつぶやいた。

「助けて！」

彼女の眼は、死を覚悟したものではなく、自分に起こっている破壊行為の意味も結果も、何が起こっているかも分からず、ひどい恐怖に襲われていることから、助けて、と訴えているのだ。

明美は突然、今迄に感じたことのない恐怖に襲われ、どうして息を吸ったら良いのか分からなくなり、まるで水の中に投げ込まれて呼吸が出来ない感覚を味わっていた。

最後に与えてあげる言葉もなく、急に起こっためまいで出血の海の中に倒れ込みそうになった。

助手をしていたジャンは、彼女の変化に気付いていたので、咄嗟に明美を抱え込み、体を支えていた。

ふと我に返った時に、ジャンの包み込むような優しい微笑みが、「大丈夫だ、大丈夫だ」と言っているようで、また頑張れる勇気を与えてくれていた。

バンギ病院に来て四カ月ほどが経っており、このような残酷な最期は、これまでにも何回も見てきたのに、どうして今日だったのか、少し落ち着いてから考えていた。

ただ疲れていただけだと思いたかったが、今振り返ってみても明らかに動揺していたし、引きずり込まれるような恐怖を感じていたのを思い出した。

自分がこのような感染にうつりたくない、もしうつったらどうしようという恐怖ではなかった。

死を悟った時に見せる穏やかな表情に反し、明美が彼女の中に見た恐怖は、死を全く受け入れない、死の意味が分からないための恐怖としか思えなかった。

「助けて」、あの視線に何も答えられなかった自分が情けなかった。

あの得体の知れない恐怖は何だったのだろうか。

垣間見た彼女の眼の奥に見えた恐怖が、そのまま明美を引きずり込んでいってしまいそうな、経験したこともないような恐怖だった。

子供の頃に、高熱に魘された時、夢の中で大きな球体が自分に向かって転がり迫って来た時に感じた恐怖を思い出していたが、今の恐怖はそんな生やさしい物ではなかった。

得体の知れない恐怖と、彼女への謝罪の気持ちが、まだ消えないうちに、敢えて考えることを中断した。

そして今度は一見元気そうに見えるのに、錯乱状態の男性だった。

明美は、いつも通りにチェックを怠らず、全身を観察したが、今のところ出血症状はみられない。

先ほど明美が感じた呼吸困難と同じように、彼は酸素を求めて水の中から水面に向かって、手をばたつかせてもがき苦しんでいた。

彼の肺は、既に水に溺れたように、わずかに残された呼吸で、肺の中から水を吐き出そうとしているような音だった。

この若さで急性の心不全は考えにくい、今の状況では、まずウィルス性肺炎を疑うべき症状だと考えた。

看護師に、リンゲル液点滴とウィルスとしても二次感染予防を考え、セフェム系抗生物質の用意をさせた。

血圧低下の影響もあり、刺すべき血管が全くわからない。

何回か試みて、やっと確保した血管内に痙攣を少しでも抑えるため、ジアゼパムも投与した。

酸素吸入と点滴投与が続けられ、呼吸の苦しさにうなされながら、鎮静剤の投与は彼にとって不可欠であった。

呼吸が少し楽になると、酸素マスク越しに、咳き込みながらも、生まれ故郷のナイジェリアで、ドイツの車を作っていた自慢話も出てきた。

しかし、入院後七日目に、明らかな出血症状、下痢と下血、血尿等などが見られ、いよいよかと明美も覚悟したが、彼の場合は、その後は不思議と平穏な経過となった。

時に意識レベルの低下、痙攣があったが、熱も次第に下がり、何よりも肺炎症状が良くなり、消化管出血も次第に少なくなってきた。

三十日経過した朝には、酸素吸入も必要無くなり、明美との会話が弾むようになった。

「日本の車も良いけど、ドイツの車はすごいよ」

車に思いをはせる元気を取り戻していた。

「フランスの車だってすてきよ」

一時、明美もパリの街並みに映える赤いルノーの輝きを思い出していた。

「金持ちは皆ベンツに乗ってるよ」

その後元気に退院していった彼を見送りながら、アランが送ってきた彼の検査結果は、エボラウィルス抗原が陽性だったことに思いを寄せていた。

この残酷な現場の中で、何人かが彼と同様自然に回復していたからだ。

人間個体の抵抗力よりも、ウィルスの株に違いがあるのだろうかと、明美は自分に対して重要な問いかけをしていた。

2014年4月26日――シエラレオネ共和国　ルンギ空港

そんなある日、明美の元に一通の手紙が届いた。
カール・フェデラー　シエラレオネ共和国、フリータウン、ゴールデリッチ、ゴールデリッチ病院内、と記されていた。

宛先はいつもの通り、パリセントラル病院となっていた。

明美と親しかったセントラル病院の事務スタッフが転送してくれたのであった。

二人の暗黙の了解で、十七年間手紙だけのやり取りで一線を越えたことはなかった。

差出人の名前を見て、明美は喜びよりも、何かとんでもないことが起こったかと、手紙を開ける手が震えていた。

「Dear Akemi」はいつもの書き出しで変わりはなかった。

「２０１2年11月に最後の手紙のやり取りをしてから、大分時間が経ってしまいましたが、明美は元気ですか。

色々あって、手紙を出せずにいました。

驚かないで下さい、今私はアフリカのシエラレオネの病院で、今年の一月から仕事をしています。

ここでは、エボラ出血熱が大流行して、毎日がとても大変です。

人生、色々考えてみましたが、今私がすべきことが分かって、このアフリカの地に来ています。

十分な医療は出来ないなりにも、人の命の尊さを毎日感じているところです。

現地からはこれが最後の手紙になるような気がします。

いつも明美のことを思い出しています。

明美も元気でお仕事頑張ってください」

短い手紙を読み終えて、いつもより何か思いつめたような、抑制された文面が気になった。いてもたってもいられない気持ちになって、その病院の電話番号を調べてもらい、すぐに電話を試みた。

「はい、ゴールデリッチ病院です」明美は電話が繋がって安心感を抱きながら、次の展開に不安と期待が入り混じった奇妙な心の乱れを感じていた。

「もしもし、こちらバンギからです、ドクターアケミと言います。カール・フェデラー先生はいらっしゃいますか」

「フェデラー先生ですか、えーと、ちょっとお待ちください」

その後、病院内の喧騒が聞こえるだけで、なかなかカールが出てこない。

どのくらい待っただろうか、やがて電話の向こうで、慌てて受話器をとるカールの気配を感じ、明美は一瞬身構えた。

「アケミ、アケミなの、カールです」

「アケミよ」

十七年ぶりに聞いたカールの声を聞いて、明美の声は震えていた。

「驚いた、手紙を見てくれたんだね」

「昨日やっと手元に届いたの、今私もバンギの病院で働いている」

「どういう事、中央アフリカのバンギ？」カールは事情が呑み込めずに問いかけた。

「色々あって、自分を見つめ直しているところなの」カールも明美が危険を冒してまで人の命に向き合うには、何かがあったのだろうと、カールには何となく分かるような気がしていた。

「とても貴方に会いたい」明美は今までの十七年間、心の中に仕舞い続けていた感情が、一気にほとばしり出るのを止めることが出来なかった。

「僕も同じ気持ちだ」カールは突然の展開に、このようになるのが当然のように感じていた。

「僕がバンギに行こうか」

「いえ、明日私がそちらに行きます」

バンギからシエラレオネ共和国の首都、フリータウンへは、飛行機で三時間程、カメルーン、ナイジェリア、ガーナ、コートジボアール、リベリアなどを飛び越えればわけなく着けるはずだと、地図を見て明美は思った。

「何でこんなタイミングなんだろう、丁度明日で空港も、港も、接する国境が全て閉鎖されることになるなんて」

「それ程感染がひどい状態なのかしら、そちらも」

「そうなんだ、すさまじい勢いで感染が広がっている」

WHOの指示で、接する国境の閉鎖は勿論、出入国が一切禁止されることになっていた。

「ちょっと待ってくれる、明日のバンギとの便の確認を取ってみるので」

受話器を置いたまま、空港に直接問い合わせていたのだろう、

「バンギへの最終便は午後の三時三十分で、その後何便かの国際便があって、閉鎖になるそうです」

「病院へはどうやって行くの」空港から簡単に行けると思って聞いたが、

「ルンギ空港で待っているよ。病院と空港は大分離れているので、空港で待っているよ」

「明日朝九時にバンギを発つ便があるので、お昼にはそちらに着くと思うわ」

「うん、分かった、気を付けて」

十七年後のデートの約束は、二人の間に十七年のブランクがあったとは思えない程、何のぎこちなさも感じられなかった。

空港とフリータウンの間には、港があって、陸地で行くには林道を四～五時間、ヘリコプターで二十分、フェリーで五十分はかかったが、いずれにしてもエボラ感染が危険なこの地で、生身の明美を移動させるわけにはいかない、とカールは考えた。

カールの元気そうな声が聞けたことで安心もし、明美はまるで恋人に会いに行く少女のような胸のときめきを感じていた。

翌日、２０１４年４月26日、ルンギ空港に着いた明美は、小さな到着ロビーで待っていた姿勢の良い長身の男性が、カールだと直ぐに分かった。

駆け寄った二人は、黙って抱擁したまま、何も言葉が出て来なかった。

明美はカールの体の温もりを感じながら、身も心も深く結ばれたような、癒やされた気持ちと昂揚感を同時に味わっていた。

明美は、色々話したい事が山ほどあるのに、今はただ黙って、十七年間の歳月の重みを、心と体で感じ取っていた。

明美の目にも、カールの目にも涙が溢れていた。

このまま全てが終わっても良い、そんな不思議な気持ちだった。

どれだけ時間が経ったかも分からない程、お互いの気持ちを自分の方へ吸い取るかのように、貪欲に抱き合っていた二人が、やっとどちらともなく耳元で囁いた。

「やっとこうして会うことができたね、何か不思議な感じがする」

「十七年間だもの、お互い倍の年近くになってしまったわね」

「アケミが結婚すると書いてあった手紙を見た時には、ひどいショックを受けて、暫く立ち直れなかったよ」

「初めに結婚したのは貴方の方よ、その知らせで、私は大切な人を失ったような気持ちになったわ」

「でもその後も、アケミの事ばかり考えていて、君の幸せを願っていた」

「私も同じよ、時々カールの手紙を見て、恥ずかしくなるようなこともあったの、でもとても嬉しかったわ」

「アケミ、何があったんだい」

「以前にあった夫の浮気が最近わかって、とても許す気にはなれないの」

「それは君にも責任がある事なの」

「そうかも知れない、いつも貴方が心の奥に潜んでいたから」

明美は急に物悲しくなって、話題を変えようとした。

「あなたの事を話して」

「僕も幸せな結婚生活だと信じていたけれど、どこかで無理があったんだ、やっぱりアケミウィルスが潜んでいたから」

「私にとってもカールウィルスはとても凶暴なの、どんどん体の中で増えていくの」

「そして君を食べ尽くしてしまうんだ」

「カール、貴方に食べつくして欲しい」

二人の会話は徐々にエスカレートして、二人はもはや立ちつくすこともままならない所までに達していた。

幸い人通りが殆どない待合ロビーで、周囲のことを気にする余裕など二人にはなかった。

この後二人がどうなっていくのか、先を考えるゆとりもなく、カールは明美のあらゆる所に手を這わせ、優しく、強く愛撫していた。

明美は既に立っていることができないほど、体の力が抜けていくのを感じた。

明美はかすれた声で現実的な質問をしていた。

「カール、お子さんはいるの」

「女の子が二人いる」

子供のころから人の不幸が許せない明美の性格が、何もこんな時に顔を出さなくても良いのに、と思った瞬間に、現実に戻される時が急に訪れた。

抱擁したまま3時間が経っていた。

三時三十分、バンギ行きの飛行機が出る。

「カール、私このまま帰りたくない、貴方と一緒にいたい」

「僕もそうして欲しい、そのためには、どうなるかも分からないシエラレオネに留まってはいられないと思わないか」

「このまま二人で、フリータウンの病院に戻れたら、私はすごく幸せ」

「どうなの、あと三十分で結論が出せるの、すごく重い選択だね」

「正直、私は家庭も、バンギの患者さんも、何もかも捨てて、貴方と一緒にいたいと思うし、明日からのバンギ病院のスタッフや、患者さん、難民キャンプのことを考えると、たまらない気持ちにもなるの」

「そうだね、明美の今の気持ちは大切にしようよ、何もこれで世の中終わってしまうわけではないし、お互いの居場所も近いことが分かったし、閉鎖が解除されたら会えるわけじゃないか」

最後のカールの一言は、明美に大きな安心感を与えてくれた。

明美は自分に無理やり最後の便に乗る決心をさせ、素早く搭乗手続きを済ませた。

一度搭乗口から中に入りかけ、そしてカールを振り向き歩みを止めた。そしてまた勢いよく彼の元に駆け寄り、もう一度彼の懐に飛び込んだ。

今度こそ最後のお別れの抱擁とキスをした。これが最後になるのではないかと、明美には何となく予感めいたものがあった。

第四章　拉致

2014年4月28日――拉致の予兆

四月も終わりに近い日、二日前にカールとの劇的な再会を果たした明美だったが、特定し得ない不安を感じながら眠れぬ夜を過ごし、積み重なった疲れもあり、何となく憂鬱な気分だった。

バンギの四月、平均最高気温は三十一度、月間の降水日は十日と、年間の中でも比較的暑い日が多く、しかも雨の日が多い、そんな月なのだ。

ジャンがわざわざ淹れに来てくれたコーヒーの香りで気分転換しながら、簡単な朝食を済ませ、今日の予定である、バンギ中心部から少し離れた場所にある難民キャンプと、周辺部落での医療活動に向けて、意図的に自分を奮い立たせる必要さえ感じる、明美にとっては珍しい一日の始まりであった。

急に降り出した雨足が激しくなり、ジープの幌に強く雨粒がたたきつけられ、すべての音をかき消して、恐ろしいような静寂を感じた明美であった。

前方の乾いた赤土に、見る見るうちに水溜まりができ、次第にぬかるみ始めた道を進む車の中、明美の気分を察したように、ジャンも押し黙っていた。

久しぶりに訪ねた部落の片隅に、新たに設置されたこぎれいなテントが、雨の中の暗い部落にあって、ぽつんと青白く、明美には輝いているように見えた。

そのテント内には、部落民から一組の若い夫婦が隔離されていたが、明美がその中を覗いた時、いつになく胸にジーンと熱く込み上げてくるものを感じた。

以前にこの村を訪れた時には、この二人が元気に明美の手助けさえしてくれたことを、痩せ細って変貌した顔にもかかわらず、明美は直ぐに思い出した。

今の二人は、既に部落民から見捨てられ、危険な物とでも言うように、隔絶されていた。

それぞれのために敷かれた藁と藁の隙間、青いシート上の泥水の流れが、絶望的な二人をさらに隔てているかのように明美には見えた。

二人は祈り、互いに励まし合うかのように、冷たい一筋の流れの上で、手を握り合っていた。

明美は、二人の目をしっかりと見つめながら、今自分が出来ること、なすべきことを考えていた。

人の生命の終わりに、医師としてその患者に希望を与え、安らぎを感じさせる言葉は何だろうか、明美はこの時、ふと『モンテ・クリフト伯』の最後の結びの言葉、不幸を克服してこれから生きのびて欲しい人達へあてた「待て、しかして希望せよ！」を思い出していた。

「今はとても辛いわね、でも大丈夫よ、少し時間がかかるけど、少しずつ良くなるし、楽にもなってくるわ」

明美の嘘は分かっているとでも言うように、二人は虚ろな視線を明美に向けていた。

「この病気で助かっている人がたくさんいるの、貴方達にもその可能性は充分あるわ」

たとえ嘘と分かってはいても、かつて明美の誠実な医療活動を見ていた二人の眼には、明らかに感謝を表す光がともったのが明美には分かった。

死を覚悟した時に、最も気になることと言えば、自分が残さなければならない、愛する人のことだ。明美はジャンに、夫婦の子供を連れて来るように頼んだ。

程なくして、祖母と思われる女性が、不安そうな様子で幼児を抱いて現れた。

明美はこの幼児を抱かせてもらいながら、「この子を守ってあげるから、今は安心して貴方達は自分のことだけを考えて」。

絶望の中に、二人の安心した眼差しが、何も知らない幼児に向けられていた。

明美は二人のために、いつもと変わらない診察と、出来れば本人達に安心を提供するため、点滴も含めて何かの処置をしようと、幼児を祖母に返し、自分がテントに入ってすぐに片隅に置いた器具類を取りに戻った瞬間だった。

侵入してきた若者が、いきなり夫婦と祖母めがけて六発、振り返りざま明美の方に向けて二発、銃弾を撃ち込んで、そのまま逃げ去った。この間わずか十秒足らずの出来事であった。

明美は、自分の間近に炸裂した銃弾に、体の何処かを撃たれた感じがして、泥に濡れたシートに突っ伏した。

銃声を聞いて慌てて飛び込んできた兵士とジャン達は、二人の夫婦と一人の女性が血溜まりの中で絶命しているのを目撃した。

そしてその血溜まりの中で、幼児が泣きわめいていた。

ジャンが明美の元に跪くと同時に、明美は一瞬の忘我から慌てて起き出して、血溜まりの惨状を目の当たりにした。

泣きわめいている幼児の細い腕から、かなりの出血があることに、一瞬の忘我を悔やんだ明美ではあったが、軍の持参している照明を借りて、ジャンに助手をしてもらいながら、動脈性出血を何とか止血しようと試みた。

もちろん明美は外科医ではなかったが、こんな時に、自分は外科処置が出来ないなどとは全く考えもしなかった。

とにかく、外科セットを広げ、知りうる限りの知識で処置を尽くした。

まず、細い上腕に駆血帯を強く巻き、ガーゼで局部をぬぐいながら、溢れてくる場所を見極めようとした。

斜めにはじけたような創を、ジャンに強くガーゼで圧迫させながら、少しずらして、血が溢れ出る場所に鉗子を突き立て挟んだ。それでも変わらず、更にもう一本新たに挟んだ。

そして三本目の操作でやっと緩やかな静脈性出血に変わってきて、じんわりと溢れてくる場所に、また別の鉗子を挿して挟んだ。

明美にとっては、まるで盲滅法に行っている行為のように思えたが、親との約束を思い必死だった。

ジャンはふと盗み見た明美の横顔から、いつもの優しい明美からは想像もできない、鬼気迫る必死さを感じ取って、自分の手に起こった小刻みな震えを見つめた。

四本目の鉗子でやっと出血が止まり、あとは外科医であるヤコブにまかせようと明美は判断した。

駆血帯を緩めると、やはり僅かに出血が見られたが、その日の仕事も終わりに近かったのも幸い、明美はまだ多少のやるべきことを残して、幼児を連れて、病院に戻ることにした。

病院で待っていたヤコブは、創部に四本の鉗子が突っ立っているのに驚きながらも、最終的な止血と、神経の損傷の有無を確認し、ドレーンを入れて創部を閉じた。

緊急現場で行われた止血により出血量が抑えられたことで、幼児の生命に危険はなかった。

「ドクターアケミ、よく頑張ったね、先生の止血は完璧でしたよ。幸い神経の損傷はありませんでしたよ。銃弾は貫通されていましたね。

それにしても、先生は立派な外科医ですよ」

「ありがとう、ヤコブ、ご両親に約束したので、ただ必死だっただけなの」

それからの幼児は、傷も完治し、前にもまして元気を回復した。

同時に両親と祖母を失い、身寄りがなくなったこの子の幸せのためには、アフリカの平和が期待されない今、とりあえずはユニセフに託すしかないだろうと、明美は中央アフリカ共和国、ユニセフハウスに連絡を取ってみた。

「バンギで医療活動を行っているドクター・ロベールです」

「よく存じ上げております。大変御苦労様です」

「ありがとうございます。バンギ病院で治療した2歳のお子さんです。村で御両親と祖母が殺害され、本人も怪我を負いましたが、完治しました。

全く身寄りのないお子さんで、村でも引き取り手がおりません。

ご迷惑おかけしますが、このお子さんを引き取っていただけませんでしょうか」

全ての事情を説明したのちに聞かされたユニセフからの返事に、明美はとても悲しい気持ちになった。

「同じような境遇の子供達が、このユニセフハウスに多数保護されておりまして、今後その子供達をどうするか、保護を継続するのか、どの時点で実社会へ戻すのか、しかも保護される数がどんどん増えていますので、当方としても途方にくれているところなんです」という事であった。

「今迄は何とか、親族が引き受けてくれていましたが、全く引き受けを拒否されたのは今回が初めてでした。認識不足で申し訳ありません」

明美は、地元にいながらの認識不足を恥じながら、それでも同じ境遇の子供達と一緒に成長してもらいたいと、受け入れを強く依頼し承諾してもらった。

軍からの報告でも、部落を襲った若者は、個人的な恨みを抱いていた者なのか、イスラム教徒か、キリスト教徒なのかは判明していない、とのことだった。

何故ならば、この夫婦はとても珍しい組み合わせで、夫はイスラム教徒、妻はキリスト教徒だからだと聞かされた。

アフリカにおける残虐な殺戮が、宗教間の憎しみの連鎖とばかり思っていたのに、それとは異なった人間の憎しみとは、一体何なんだろうかと、明美はやり場のない悲しみにくれた。

あの死に瀕した中でも、お互いが愛おしくてたまらない、慈愛に満ちた眼差しで見つめ合い、手を握り合っていた二人だからこそ、明美はテントに入った瞬間、胸に熱いものが込み上げてきたのだった。

二人は、村人から疎外されてでも貫いた愛の結末が、このような悲しい死で終わることを見越していたのだろうか。

あまりにも悲しく、残酷な愛の物語に、明美の心は震えた。

明美が医療活動の最中に、暴徒の襲撃を直接受けたのはこれが初めてであったことから、エボラ感染以外の危険が自分にも迫って来たことに、現実的な不安を感じた明美であったが、それにもまして明美の心を大きく捉えていたのは身寄りのないジャンへの思いであった。

２０１４年５月１日──明美拉致

明美がアフリカに来て五カ月近くが経過していた。

北東部のダイヤモンド、金の鉱山は殆どイスラム反政府戦闘組織に占領されたままでいた。

元々ダイヤモンド、金、石油などは中央アフリカ共和国にとって非常に重要な経済資源であるが、密輸が絶えないため、国際的にも禁輸措置がとられている。

経済再生を進めたい暫定政府の大統領はアフリカ政府軍、アフリカ連合軍、フランス軍とともに、鉱山の奪還作戦を強行するよう指示していた。

イスラム過激派組織により制圧された鉱山の拠点を空爆することは、鉱山そのものにも多大な損害をあたえるが、今はとにかく国の経済復興を支え、紛争を終わりにしたい、そんな大統領の願いだった。

鉱山への空爆が始まってまもなく、２０１４年４月のある日だった。

イスラム過激派組織の幹部が、今後の被害を食い止めるための作戦会議を行っていた。

「アメリカが加わって空爆を強めてくると、鉱山を守ることは不可能になるのでは」

会議の冒頭、空爆を恐れる発言が続いた。

「鉱山はいつでも取り戻せる、今は最小限の守れる鉱山だけを拠点にして、すべての資金源を放棄するのは何とか避けたいが」

「どの鉱山を我々が制圧しているか分からないよう、情報を操作する必要性もあると思います」

「いずれにしても、イスラム勢力拡大政策はいままで通りに進め、一人でも多くの市民を仲間に加え、国外に向けては我々の聖戦についての発信に力を注げ」イスラム過激派組織の指導者が述べた。

「今の政府にとって一番大事な人は誰だ」

指導者の息子が聞いたのに対し、

「勿論暫定大統領でしょう」と誰かが答えた。

「あのくそ女か」息子は吐き出すように言った。

「ほかには」と更に息子が問うのに、

「エボラ感染と闘っているフランスの女医がいます。各地で市民に寄り添っていますが、感染拡大はどうしようもないようです」息子と対立的な序列二番目で、指導者の後継者とされる男が述べた。

「部落、難民キャンプ、そしてバンギの病院でも活動していると聞いています」

「ただ、軍に守られて行動しているようです」他の者が口を挟んだ。

「国にとっては、彼女を粗末にはできない存在だな」と息子が言うと、

「彼女を人質に捕れ、有利な取引材料になり、無血で鉱山を守れるはずだ」と指導者が自信あ

りそうに言った。

「軍も手薄な護衛しかできていないはずです、それでも現在どこにいるのかも分かりませんので、そこまで我々が重装備で接近するのは不可能に近いかも分かりません」

一人が消極的意見を吐いたのに対し、

「誰か向こうの幹部と接触できないか、金で何とかしろ」と指導者が檄を飛ばした。

「私が多少面識のあるアフリカ連合軍、中央アフリカ第二司令官に何とか連絡を取ってみます。殆どの幹部は個人的にも公務としても携帯電話を所有しているので、何とか調べてみます」

イスラム過激組織、中央アフリカ戦闘員副指揮官ウマル・ムスタファは点数稼ぎの絶好のチャンスとばかりに、自信ありげに語った。

アフリカを拠点とした過激派組織の指導者に忠誠を誓う過激派武装団が増え、ウマルの属する戦闘集団も同様であった。

今日の会合はこの一言で充分な成果であった。

ムスタファはその後入手した情報で、アフリカ連合軍、中央アフリカ第二司令官アルカン・バンダに電話した。

「突然失礼致します、フランス軍指令室です、驚かないで聞いてください、現在何カ所かの鉱山がイスラム反政府軍に占領されていて、大統領も何とかこれを奪還したいと考えていることはご存じだと思います」ウマル・ムスタファは畳みかけるように話した。

「ところでこの奪還を無血取引で行おうと作戦を立てています」

まだ話が読めないアルカン・バンダにさらに畳みかけた。

「今国にとって拉致されると困る人の一人が、アケミ・ロベールドクターでしょう」

「エボラの」

「そうです」

「ドクター明美の拉致にご協力願えれば、最初に五十万フラン、成功後に五十万フランをお支払いしますが」アルカン・バンダは何となく変だと思いながらも話を聞いていた。

「貴方は第一司令官とは不仲と聞いています、いずれ飛ばされるかも分かりませんよ、その前に金を稼いでおいてはどうですか」

「何、どうしてフランス軍が」

「まだお分かりではありませんか。私はイスラム軍、中央アフリカ戦闘員副指揮官ウマル・ムスタファです」黙っているアルカンに話を続けた。

「悪いようにはしません。ただある日の彼女の行動を知らせてくれるだけで良いのです、あなたにとってドクターを失うこと自体なんの損得にはならないでしょう」

いよいよ金の話になって、アルカンは耳をそばだてた。

「お約束していただけたら、早速五十万フランを貴方の口座に振り込みますよ」

美味しい話にアルカンのにやけた顔がさらに緩んだ。

2014年5月1日、明美のその日の同行部隊は、十人の兵士がM－38ジープ三台に分かれ、それぞれのジープには軽機関銃が装備されていて、各兵士はそれぞれライフル銃を携えていた。彼女を守るだけの任務ではなく、イスラム系、キリスト系民族の抗争を未然に防ぐことも、与えられた大きな任務であった。

それと共に彼女の医療活動の協力も託されていた。

しかし、全ての動きと、部隊の編成までを知られていた状況で、それを上回る部隊の先制攻撃を受けたのではひとたまりもなかった。

殆ど無抵抗に近く、待ち受けたイスラム部隊の一斉射撃で、明美以外は全員があっけなく射殺された。

明美は目隠しをされて、ガムテープを口に貼られて、ジープに押し込まれた。

明美を拉致した部隊は悪路を五時間ほど走ったところで急停車した。

イスラム語で何やら話し合っているが、明美には分からない。

明美は後ろから追い立てられながら、目隠ししていても日陰に入ったことが分かった。

しばらくして鉄の扉が後ろで閉められたのが分かり、完全に不自由の身になったと感じた。

「こっちに寄れ」嫌味な男の声がした右の方に近寄ると、男は明美の目隠しとガムテープを外した。

そこは岩をくりぬいたような空間で、薄暗く続く地下で、近くにも同じような鉄格子があり、誰か他の人も入れられていて、何らかの反政府組織かイスラム過激派組織の人質施設なのだろうと明美は思った。

イスラム過激派武装団中央アフリカ副指揮官ウマル・ムスタファが鉄格子越しに明美の前にいて、

「お前は人質だ、これから中央アフリカ共和国政府との交渉に使われる、俺はここを死守するよう命令を受けた」

うすら笑いを浮かべて、自分の事を名乗ったが、その表情の奥には人の命など何とも思わないような冷酷さが隠されていた。

明美の同行部隊と連絡が取れない事から、捜索が行われ、部隊の全滅と明美が行方不明であることが判明し、全世界に報道された。

アフリカ連合部隊もフランス部隊も、明美奪還作戦を練ったが、彼女の所在が分からないのでは、手の打ちようがないと、やや諦めムードが漂っていた。

「無差別の空爆は意味がないし人質の命の保証がない」

「街に紛れ込んだとしても、市民を巻き込んで犠牲が大きくなるし」

「市街戦ともなると、相当な数の兵士を送り込む必要があり、また犠牲者も多くなるだろう」

「限られた地点へ、有効な攻撃が出来るまで、情報を待つしかあるまい」

結局明美の居場所が不明では有効な手段が何もとれない、というのが軍上層部の結論になった。

明美が拉致された事件を遠くパリにいるアランも、朝のトップニュースで知り、あまりの驚きに心臓が止まりそうになった。

今自分には何が出来るのか、動揺する気持ちを何とか鎮めながら考えた。

確か彼女は出掛ける前に、ＧＰＳ機能付きの腕時計を購入したと言っていた。

「何が起こるか分からないし、おまじないのつもり」と言っていたのを思い出した。

そのことがアランからパリのフランス軍部に伝えられ、それを聞いたアフリカ連合軍の上層部は小躍りして喜んだ。

指輪については、結婚指輪の代わりにＧＰＳ機能付きの指輪を購入したことを明美はアランには伝えていなかった。

「これはすごい情報だ」

司令官は明美の奪還に意欲を示した。

「これで何とか攻撃の対象をしぼれる」

一筋の光が見えた事で、再び現実的な作戦が練られることになった。

そのころウマルは、高級そうな明美の腕時計に目を止め、

「身につけているものは取りあえず渡してくれ」と言って腕時計を外させた。

「その指輪も外せ」

明美は全ての情報が断たれる事は何とか避けたいと思った。

「これは母親の形見で、日本のお祭りで売っている安物よ、こんな安物くらいお守りに付けさせて、お願い、故郷を思い出す心の支えなの」

しばらく考えていたウマルは黙って鉄の格子を閉めて鍵を掛けた。

指輪をわざと泥まみれにして、汚らしくしておいて良かったと、明美は安堵した。

拉致後の彼女への対応は、何かを白状させるわけでもないので、拷問などはなく、一日二回の粗末な食事と、水を与えられ、用足しはその都度手錠をかけられ、別に作られた場所につれて行かれた。自分の格子の中で、人に見られて行うよりはどれほど恵まれているか、他の鉄格子の前を通った時に、中で用を足している姿を見て、こんな状況にもかかわらず安堵した。

もし誰かが助けてくれた時、走れないと一緒には逃げられないだろうと思い、食後の日課に必ずストレッチとジョギングのまねごとを課した。

こんな境遇におかれても何とか生きたいと思っている自分を見て、こんなに自分は強かったのだろうかと、意外な感じがした明美であった。

最近外国のジャーナリストがイスラム過激派組織に首を切られて惨殺されたニュースは、明美も知っていた。

いずれ自分もあのような運命にあるのだろうか。

生きたいと思う気持ちが、思わず手の震えを強め、一瞬思考を止めた。

明美の拉致奪還作戦を検討していた、フランス軍、アフリカ連合軍の准尉、軍曹らは特別任務をまかされ、これから自分達が遂行すべき奪還作戦について、話し合いを持った。

明美の日々行う活動のために難民キャンプや部落に随行していた、アフリカ連合軍部隊、軍曹のフォスタン・サリエは、この奪還作戦に自ら志願していた。

人質奪還部隊の指揮官はフランス軍軍曹ピエール・ルロワが、フォスタン・サリエは副指揮官を務めることになった。

まず話題になったことが、明美の居場所の情報収集についてであったが、すでにアランからの情報で、明美はＧＰＳ機能を搭載させた腕時計を携帯しているという事実だった。

本来軍事用にアメリカで開発されて、今では誰でも利用できる物だが、何機かのＧＰＳ衛星からの受信なので、もし百万分の一秒違っても、三百メートルの誤差が出ると言われている。

「明美の身につけていた物は恐らく全て没収されているかも知れませんね」

「わざと時間を狂わしてはいないだろうか」

「ＧＰＳが機能しているか、まずはその確認をしてはどうでしょうか」

フォスタンは、とにかく早く具体的な作戦に入りたかった。

「およその場所を推定したとして、空爆では人質解放にならない」と指揮官。

「当然地上戦になると考えられます」

「敵側が出している身代金交渉にどう対応するか、一切無視か、それとも騙すことで、利用するか」

相手との取引は成り行きを見ながら決めるという事になった。

彼らも最近にあったイスラム過激派組織による、各国のジャーナリスト殺害の残虐な報道映像を思い出していたので、慎重にならざるを得なかった。

「このアフリカには、色々な活動団体からの派遣医師団も来ているし、ＮＰＯの物資供給や国連平和維持活動の部隊だって、環境保全やライフライン確保などのため、たくさんの人達がすでに活動してくれているはずだ」

中には、奪還作戦そのものに異議を唱える者がいた。

「なんで明美だけに我々が大変な思いをしなければならないのか分からない、説明してくれないか」

これはアフリカ連合軍、中央アフリカ第二司令官のアルカン・バンダだった。

そもそも彼の裏切りで明美が拉致されたことは、誰も知るよしもない。

フランス軍准尉、第一司令官は静かに話し出した。

「元々、我々にとって同胞であるアフリカのこの大地で、我々が果たす役割は、フランス国民は充分に理解してくれている。

同胞の平和と安全を守るためで、今は我々だけでは力不足なのと、中央アフリカ市民の理解が得られないため、皆さんのご協力を頂いている。守るのはフランス人医師だからではありません。これが一人のアフリカ人医師でも、看護師でも、民間人でも、我々は同じ事をするでしょう、いまこの地で、アフリカ人民の病と、さらに凶暴なエボラという病と闘ってくれている人を、見殺しには出来ないということです。どうかご協力お願いしたい」

彼の発言を待つまでもなく、第二司令官以外は誰も奪還作戦に非協力を唱える発言はなかった。

第二司令官アルカンは渋い顔をしながら、話を上の空で聞いていた。

彼は既に五十万フランを手にして、内心鼻歌気分であったが、約束の半分がまだ入金されていないため、人質奪還にでもなれば、この話が終わってしまうと考えていた。

「それでは具体的な奪還作戦に入ろう」

指揮官が主導して具体的な話が進められていった。

部隊は常にお互いの位置情報確認のため、GPS受信機を携帯していて、早速その場で、明美が現在拉致されている場所の確認作業に入った。

ピンポイントな映像にならないのは、何故だろうか、かなりあいまいな情報であるが、GPS座標によれば、バンギ北東約四百四十キロの金鉱山の近くではないか。

「早速明日午前十時にここバンギを出発しよう」指揮官を任されたピエールが言った。

「一個部隊が十人、三部隊編成で合計三十人とし、他の部隊に影響がでないようには配慮したいと思う」

指揮官は、他の任務の事も考え、多少控えめにして異論がない事を確認したつもりであった。

「装備については、いつも通りだが、今回は夜間の移動、あるいは実際に夜間の地上戦を想定して、ナイトビジョンの装着を忘れないように」

厳しい作戦になることを自覚した二人の指揮官ピエールとフォスタンは固く握手を交わした。

フォスタンは日頃から明美が、自らの危険を顧みず、アフリカ人民の為に奮闘しているさまを思い浮かべ、

「必ず助け出す、待っていてくれ」と心の中でつぶやいていた。


その夜のこと、アルカン・バンダは、例のイスラム過激派武装団のウマル・ムスタファに直接電話を入れた。

早速残りの入金の事から話し始めた。

「あーあれね、まだ本部から許可が出ないのよ」

いきなりの話にうんざりしながら、

「いずれだと思うので待っていてくれないか」

「間違いはないのだろうね」

「あー大丈夫さ」

「ところで今日の電話は、おたくらにとっては重要な情報だ」

アルカン・バンダは駆け引きのつもりだった。

「何だ」ウマルはまるでそっけない。

「近いうちにバンギを部隊が出発するが、明美の拉致奪還のためだ」

「場所がわかるまい」ウマル・ムスタファの突っぱねるような口調を気にしながら、

「それが、既にこちらでは分かっている」アルカンは冷静を装った。

「うん？」

「バンギからの距離もわかっている、金鉱山の近くだろう」

「何故分かった」

「それは言えない」

「そうか、それでどのくらいの部隊でいつ出発する」

そこでバンダは全ての情報を与えては、取引に使えなくなると今更ながらに考えた。

「指揮官から直前に発表される。空爆になる可能性もあるさ」

「まさかそれでは奪還になるまい」

電話を終えて彼は情報を与え過ぎた事を後悔した。

初めから残りの振り込みはしないつもりなのではないかと疑い始めていた。

翌日、２０１４年5月10日、一機の偵察ジェット機がバンギから飛び立った。

さらに三機の軍用ヘリコプターに十人ずつの部隊が分かれて乗りこみ、合計三十人の精鋭部隊が、山間の鉱山目指して飛び立った。

勿論途中の撃墜をおそれて、出来るだけ高い飛行高度を保つよう試みた。

偵察機の情報では、例の谷あいに目立った動きはないという。

一つの尾根を残した谷間の平地で、ヘリから降りた三部隊は、ヘリを待機させたまま、地上から鉱山に向かった。

既に情報が漏れていて、待ち伏せされているとは誰も知らなかった。

ただ昨日の夜間の情報で、敵側も早速今日の行動とは思っていなかったため、充分に部隊を集める余裕はなかった。ただし明美は夜の内に、いずこかに移されていた。

情報を入手したウマル・ムスタファは、この鉱山死守の命を受けていた。

一つの尾根を越したところで、三つの部隊の一つが、いきなり機関銃による銃撃を受けた。

作戦上一人ひとりの間隔を空けて行くという指示が出ていたため、最初の襲撃による犠牲者は一人のみであった。援護してくれるジェット機が更に三機となり、上空からの攻撃も始まった。

その間にまた部隊は先へと進む、それを繰り返しながらフランス、アフリカ連合軍の犠牲者は二人となった。

砦を死守するような形となった敵側と激しい銃撃戦となった。

この鉱山を守る部隊の数は、多くても我々と同じ三十人と踏んだ指揮官ピエールは、部下の兵士にそれぞれ分散を命じた。

ジェット機による攻撃で、その後の移動は楽になり、鉱山の一つの入り口に到達できた。鉱山に通ずる洞窟の迷路の中、兵士達はナイトビジョンと赤外線ゴーグルを装備し、それぞれ耳元をかすめる銃弾をよけながら、奥へと進んでいった。

殆どが暗闇だが、所々の壁の穴に置かれた蠟燭の炎で揺らめく洞窟は、鉱山への一つの入り口にすぎないのだろうが、防衛目的のためか複雑に分かれている。

そもそもこの迷路に導かれたこと自体、救出部隊にとっては失敗だったのではないか。

内心の動揺をかくしながら、指揮官は外を守り、残り二部隊が中へと入って行った。

分かれた部隊の先頭が、角の闇に潜んでいた兵士にいきなり音もなく背後から襲いかかられ、大きなナイフで首をえぐられ、最期の声すらも発せられないまま、蠟燭の炎に揺れながら血しぶきがほとばしった。

次の曲がり角でまた一人、同じように犠牲になった。暗闇の角という角にまぎれ、待ち伏せした敵達の動きが全く読めずにいた。

明美の居場所が分からないままに爆破攻撃も掛けられない。

これ以上犠牲者を出すまいと、フォスタンが先陣を切り比較的広くなった一角に辿りつくと、そこには鉄格子の部屋が四部屋あり、いずれにも拉致された人の気配はなかった。

その一つの部屋の鍵が開いており、中の様子を窺ったフォスタンは、床に直接敷かれた藁のある横壁に、読みにくいが、口紅のようなもので、ne ici, akemi と書かれた文字をみつけた。

それは、書く物が何もない中で、明美が咄嗟に自分の小指の先を前歯で噛み切り、絞り出しながら、やっと書いたものだった。

私、je とか、いる、suis までは書けなかった。

「私はここにはいません」と書いたつもりだろう。

移される時に、軍による救出を読んでいたのだろうか。

フォスタンは兵士達をひとまず、先に進ませることを止め、いよいよ強行作戦に移す選択をした。

近くにいる気配は分かるので、推測でしかないが別の迷路の奥に迂回し、爆薬を仕掛け手前におびき出す作戦だ。

次々に爆発が始まり、すさまじい勢いで洞窟の奥から熱風と炎が噴出した。

敵のある者は、爆風で吹き飛ばされ、ある者はわめき声を発しながら飛び出してきた。

こちらが待ち受けながら、的を狙える立場に逆転した。

明美の居場所を吐かせなければならない。「近づいてきたら暗がりでも下半身を狙え」とフォスタンは指示を出した。

既に敵部隊は洞窟内部でも十人は死亡し、六人が下腹部を撃たれて転がっていたが、三〜四人は爆風と炎に呑まれていた。

入り口にいたるまでに十五〜十六人近くは我々の手で、あるいはジェット機の攻撃で死亡したと、フォスタンは計算していた。

最後の一人は、敵の副指揮官ウマルであったが、彼はまだぎりぎりまで表に出てくることはせず、また彼の近くでは爆発が起こらなかった。

部隊もこれが潮時と考え、撤退に移そうとした矢先に、十メートル先の闇の中で、突然アラーム音が発せられた。

わずかな動きに、フォスタンはすかさず発砲し、悲鳴が上がった。

「ここに私はいません」という明美の残したメッセージで、味方に有利な爆破行動を開始できたのだが、負傷した敵も味方も全員を鉱山の入り口まで移動させた時、そこで驚くべき事実に遭遇した。

やはり、GPSの座標はこの鉱山を指していたのだ。

フォスタン副指揮官は、鉱山死守の命を受けていたイスラム部隊の指揮官ウマルが身につけている腕時計に気がついた。

いつも明美の腕にあった、おしゃれな腕時計だった。

下腹部を撃たれて苦しそうに顔をしかめ、恐怖の中にもふてくされた様子の彼は、何もしゃべろうとはしなかった。

明美の情報を得なければ、今回の攻撃の成果は何もないに等しい。

このままでは直ぐに死ぬのは明らかだったので、何とかその前に吐かせたいと指揮官ピエールは考えた。

死を目前にした拷問に誰しもが躊躇いを感じたが、指揮官の命令で、軍ではおなじみの拷問が始まった。

ウマルを仰向けに寝かせて押さえつけ、薄い濡れタオルを彼の顔に掛け、その上から水をかけるものだった。

水が行き渡り、次第に呼吸が出来なくなってのたうつウマルを押さえつけ、初めは一分間待った。

それでも何もしゃべらない。次は一分三十秒待った。彼は苦しげにもがいた。

呼吸の出来ない苦しみは想像を絶する恐怖を伴うと言われている。

白状すれば、捕虜となっても命は助かるかも知れないと悟った彼は、アフリカ連合軍中央アフリカ第二司令官アルカン・バンダとの取引のこと、昨夜のうちに明美を他の場所に移動したことを白状した。

「私は、本部の命令でここから解放しただけで、どこに移動したかは全く分からない」ということだった。

下半身を撃たれたために歩行困難となった彼らを連れて、山を越えることは難しいので、水と食料を与え、全ての武器は没収し、洞窟の入り口に寝かせて部隊はヘリに戻ることになった。

今回の襲撃で明美奪還は果たせなかったが、図らずも少人数で金鉱山の一角を奪還した事は大きな成果であった。

無線機を使ってヘリに指示が出され、更にヘリから本部へ指示が伝えられた。

そして早速この鉱山に常駐する部隊が派遣されることになった。


帰還した部隊では、改めて明美奪還の作戦が練られることになった。

戻った部隊の報告を受けた司令部では、今回の成果を評価しながらも、あくまでも明美の奪還が最終目標であることが再確認された。

もちろん明美の腕時計は部隊が押収していたが、もう一つのＧＰＳ座標表示があることに気付いていた。

「どうもここらしいな」

指揮官と副指揮官が共にＧＰＳ座標を見つめていた。

「バクマの近くのウラン鉱山のようですね」

フォスタンは一刻も早く再攻撃を掛けたかった。

「やつらは村人にまぎれて地上戦に持ち込むつもりだろうな」

「空路で前回より多くの部隊を移動しないと対抗できないでしょうね」

「ただ鉱山がイスラム部隊に占領されているので、バクマ空港の警戒がどうなっているかは不安材料だ」

「指揮官、部隊の人数をご検討ください」

「そうだな、フランス軍部隊三十人、アフリカ連合軍部隊三十人の編隊でどうか、それ以上は無理だろう、それも一日で結果が出なければ撤退だ」

指揮官ピエールはフォスタンに同意を求め、これで奪還作戦が整った。

情報を漏らした第二司令官は既に逮捕されていた。

「他に裏切り行為はないはずだが、明日早速行動に移そう」

翌日の２０１４年5月12日、バクマ空港で夜を待ち、兵士達はそれぞれの編隊に分かれて、夜陰にまぎれて移動を開始した。

飛行機音と身近に聞こえた着陸音で、既に敵側には察知されているはずだ。

唯一つのたのみが明美から発信されるＧＰＳ座標の位置で、部隊は暗闇の中、少しずつ座標表示を確認しながら、間合いを詰めていった。

鉱山につながる幹線道路と点在する部落は、まるでこれからの戦いを察知しているかのように、静まり返っている。

今回は市民を盾にするつもりだろうから、交戦の直前まで待ち伏せはないと踏んでいた。GPS座標の位置が限りなく近くになり、小さな部落に差し掛かった時、敵側の猛烈な一斉射撃が始まった。

道路わきの茂みに身を伏せて、敵の小部隊によるライフルと機関銃での攻撃だった。しかし、味方部隊は充分それを予測していて、彼らよりも巧緻だった。

連合部隊の半分は当初から幹線道路を離れ、あえて迂回して、GPS座標の示す位置の反対側に廻っていた。敵の一斉射撃が始まるのとほぼ同時に、敵部隊の後方から連合部隊による一斉射撃が始まった。

挟まれた敵部隊は、自らの射撃の火花が標的になり、後方からの射撃で次々と倒れていった。

明美は近くで銃撃戦が始まったことを知ったが、自分の周囲は、村人の恰好をした兵士達と、彼らに利用されて武器を持たされた部落民達なので、自分で逃げ出すわけにはいかなかった。

すぐに目隠しと猿ぐつわをかまされ、後ろ手に縛られた。

部落に入ってからまた銃撃戦が始まったが、銃を持っていない村人と、後ろ手に銃を隠し持っている兵士と、銃を持たされた子供と、正にゲリラ戦法に持ち込まれて劣勢に立たされた。

フォスタンは射撃に躊躇した。撃たれる前に、自分が先に撃ってよい相手かを決めることは至難のわざであった。

しかし、それぞれの兵士達はたとえ選択を誤ったとしても、自分達が撃たれることの恐怖感が極限に達した時、それぞれの判断で、銃撃を開始した。

フォスタンは、粗末な家の中から、イスラム兵士から銃で威嚇され、足元を打たれながら飛び出してきた小さな男の子に銃弾を撃ち込んだ。

フォスタンはその瞬間、視覚に捉えた動きがあまりにも幼いので、本能的な躊躇が働いて、方向がぶれたのが幸い、つまずいて倒れた少年に怪我はなかった。

誤って近くにいた女性や、子供を撃ちぬいてしまった兵士も続出したが、それでも次第にこちらに向かう射撃は少なくなり、ついに最後の一人が撃たれて襲撃は止んだ。

戦闘に入るまでGPS座標が指し示していたこの部落に、今はどこを探しても明美の姿はなく、いつの間にか、GPS座標の表示が消失していた。

「確かにさっきまでは表示されていました」

どういうことだ、

「恐らく戦闘の間に移動させられ、感知出来ない建物の中に匿われた可能性があります」

GPS探知機を携帯していた兵士が言った。

「この幹線道路を北に行けば、ウラン鉱山で開かれた小さな町がある。

イスラム組織に制圧されて、今はゴーストタウンのはずだ、敵は鉱山を死守しながら、我々を誘いこんで、殲滅させるつもりだろう」

指揮官ピエールの言葉が、いよいよ終局に近いことを示していた。

「ゴーストタウンでの市街戦で、明美の奪還だ」

小さな町は徒歩でも十分足らずのところで、想定通りの暗闇の銃撃戦となった。

殆どが二階建ての小さなオフィスビルで、数も少ない。

兵士はそれぞれが自動小銃にナイトビジョン、赤外線ゴーグル、一対一に備えて、コルトおよびサバイバルナイフを身に着けていた。

一人の兵士が、全てを見渡せる道路の中央に、回転式グレネードランチャーを構えて陣取った。もし、逃げ延びようとする敵兵が出て来た時に、仕留めるためであった。

最初の建物に、最初の二人が侵入した矢先、階段の上からめくらめっぽうに近い襲撃があり、一人が腕を撃たれ、もう一人は頭に命中して即死した。

フォスタンは組んだ二人と、階段上部を襲撃しながら、踊り場まで駆け上がった。

敵兵の二人が踊り場に倒れていた。

小さなオフィスで部屋数はない。上の階に潜伏しているのは一人か二人と判断したフォスタンは、小さな音も聴き逃すまいと集中しながら、二階の角を曲がり、部屋のドアを蹴り開けた。

待っていたように自動小銃の連射を浴びたが、その背後で相棒が、声を発する暇もなくナイフで首を切られ、血しぶきが赤外線暗視ごしに鮮明に見えた。

フォスタンは咄嗟に背後の影に突進し、サバイバルナイフを突き立てた。

しかし、空を切っただけで、足元には相棒が横たわっていた。

他のチームに応援依頼の声は立てられないので、そのまま二人の気配をしばらく待った。もしそこに明美がいたら下手な襲撃はできない。

その時、廊下の角にわずかな気配があった。夜陰に紛れる行動には時間に限りがあり、あまり引き延ばせない。フォスタンは焦っていた。

とにかく部屋の一人を片づけなくてはいけない。

空いているドアから、そっと手榴弾の安全装置を抜いて投げ入れた。

すぐに爆発から逃れて、反対側から立ち上がった男に、自動小銃を三発撃ち込んだ。

付近が明るくなったドアに向かって自動小銃を撃ち込んできたもう一人が視界に飛び込んで来て、すかさず続けて自動小銃を撃ち込んだ。

残りの部屋も慎重に確認したが、明美はいなかった。

廊下に倒れていた相棒をかついで外に出たフォスタンが見たのは、向かいの建物から出てきた二人の味方兵士のＯＫサインだった。

少しずつ人数を増やして、全ての建物内で戦闘が行われたが、それまでの連合部隊の犠牲者は五人、敵の兵士は二十人に上っていた。

あと三十分もすれば明るくなってしまう。

全ての動きが読まれてしまう。

いよいよ最後に残ったビルに全部隊が導入されることになった。

最後に残したのには、訳があった。

ここが比較的大きなビルで、中も複雑かも知れないと思われたからだ。

フォスタンは四人の編隊を組んで、入り口から一番奥の階段から音を立てず上がっていった。

すでにあちこちで銃撃戦が始まっている。敵はここに至るまでに多くの連合部隊を倒しておく算段だったのだろう。

ここを最後の砦にしたかった双方の思惑が図らずも一致した。

この最後の砦まで明美は見つからなかったわけだから、いきなりビルの外からも、侵入して内部からも、敵の状況を確認できないままに破壊攻撃は出来ないはずだと、敵は読んでいた。

これがまさに人質を盾にしたゲリラ戦法だ。

ナイトビューを駆使し、連合部隊一人ひとりの俊敏性が敵兵を上回り、全ての敵が銃撃されたことが明らかとなったのは、いよいよ夜が白み始めたころだった。

一つの部屋が施錠されたままで、開けることが出来ない。

もし明美がドアの後ろにいた場合、銃で鍵を壊すのは危険だ。

フォスタンはサバイバルナイフを鍵穴に差し込んで、粗末な鍵をこじ開けた。

もし敵が中にいた場合、いきなり狙撃されることを恐れ、しばらく待った。

睡眠薬を打たれていたのか、ぐったりした明美が、床に横たわっていた。

フォスタンが明美に声をかけ、体を軽く揺さぶった。

「ドクター」

薬のせいか、恐怖で気絶していたのかは分からないが、薄目を開けた明美が意識を取り戻した。

「フォスタン、フォスタンなの」

「大丈夫、もう安心だ」

「ありがとう、本当にありがとう、ご迷惑おかけしてすみません」

フォスタンは嬉しそうに明美を抱き起こし、お互いに力を込めて抱きしめていた。

ありがとう、そして日本人は必ず言うのだ、「すみません」と。

兵士たちの高揚した奪還成功の歓声が起こったが、すぐに犠牲者の多かったことに思いが至り、その後五人の犠牲者を運びだし、分担して背中に担ぎ、空港に向かって歩を戻していった。

幸い空港で待っていた数人の兵士と、飛行機への襲撃はなかったようで、慌ただしくバクマ空港を飛び立った。

奪還成功の連絡を受けた司令部は、すぐに別の部隊を編成し、このバクマのウラン鉱山を常駐管理することになった。

図らずも明美の奪還作戦は、中央アフリカ共和国の経済にとって非常に重要な、二つの鉱山の奪還にもつながった。

２０１４年８月７日――中央アフリカ共和国議会

人質奪還に成功した中央アフリカ政府、および軍部は明美の今後の危険性を考え、感染症の拡大も下火になりつつあることから、明美にフランスへの帰国を打診した。

アランからも帰って来て欲しいとメールが連日のように来ていた。

今のままで、共に闘ってきた仲間を見捨てて帰国するわけにはいかない、もう少し終息を確認しないと帰れないと、自分にも言い聞かせていた。

そんな矢先、中央政府から議会で演説して欲しい旨の要請があった。

中央アフリカのテレビとラジオの実況中継があり、インターネットでも配信されることになった。

人質の奪還には多大な迷惑をかけたばかりであり、むしろ後ろめたさを感じていた明美は、帰国の勧めを断ることは駄々をこねているようで、どうすべきか迷っていた矢先のことだったので、演説の依頼を喜んで受けることにした。

２０１４年８月７日、明美は、中央アフリカ共和国暫定政府における国会にあたる議会のセンターに誘導された時、思わず自分が何でこんな所にいるのか不思議な感じさえしながら、静かに話し始めた。

「皆さん、本日はお招きをいただき大変光栄です。明美ロベールと申します。

先日は私の人質奪還に当たり、政府要人の方々、アフリカ連合軍、フランス軍の方々には大変ご迷惑おかけして、申し訳なく思っております。

私はこうして生きて帰って来ることができましたが、兵士の方々、そして一般市民の方々にも多くの犠牲者が出ていることも聞きました。

尊い命の犠牲と引き換えに助けられ、大変な重みと責任を感じ、皆様には感謝の気持ちでいっぱいです。

私は、フランス国籍を有し、愛する夫をフランスに残して、のこのことご迷惑をかけに皆様の国に押しかけて来てしまいました。

アフリカからは遠い日本で生まれ、医学は日本で学び、そしてパリで医療を行ってまいりました。

アフリカの素晴らしいこの大地で、紛争が起こっていることは知っておりましたが、病気で多くの人が苦しまれていることに、医者として何かお手伝いしたいと、いつも考えておりました。

もし自分に何かが起こった時には、これはあくまでも自己責任であると、自分ではいつも言い聞かせてまいりました。

こちらに来てからも、感染の拡大は広まるばかりで、軍の方々にも色々ご尽力頂きながら、自分の無力さを実感していたところでした。

ですから、今回のような国を挙げての奪還の後で、私の身の安全のためフランスへの帰国を勧めて頂いたとしても、まだ一緒に闘ってきた仲間を残して帰るわけにはまいりません。

どうかもう少し終息に向かったことが確認されるまで、お役に立たせていただけませんでしょうか。

今迄のエボラウィルスは、致死率は八〇%と高いですが、直接接しない限り感染はしない局地的な病気でした。

ところが最近の当地では、空気感染、飛沫感染能力のあるウィルス、パワーを強めたウィルスが蔓延して、さらに多くの人の命を脅かそうとしています。

このままでは更に地球上に人類の危機が広まってしまうと思われます。

もうしばらく、人類の危機の終焉のために、少しでも力になりたいのです。

何故なら私は、この国の皆様にはとても感謝しているからです。

そして、おぞましいこの病気と闘いながら、もう一つ私が悲しくも、痛切に思ったことは、隣の仲間同士が殺し合うような時間は、すでに私たち地球上の人間に残されていないのではないかということでした。

どうか一日も早く、平和な、すばらしい中央アフリカ共和国になりますように心から祈っております。

もうしばらく私のわがままをお許しください。

ご清聴をありがとうございました」

スピーチしながらも次第に自分が高揚しているのに気づいていたが、拍手をおしまずに、静かに聴いてくれていることに感激していた。

短い講演が終わった後も、しばらく拍手がなりやまなかった。

第五章　祈り

2014年11月10日──看護師マリの死

看護師マリ・ヨルバの母親が娘を頼って、遠くバンガスーの村から車で連れて来られた。

バンガスーは中央アフリカ共和国の都市で、バンギより東の方向、コンゴ民主共和国との国境にあり、野生動物の市場でも知られた所である。

十日前に、父親が体中から出血して息を引き取ったという。

共に暮らしていた彼女に感染しない方が不自然なのだ。

アフリカでは今でも遺体に寄り添い、体に触り、霊を慰め、そして残された自分の悲しみを、亡骸に少しでも持って行ってもらおうとするかのように振る舞うのだ。

だから、最期を迎えた体に、それこそ溢れ出さんばかりにある凶暴なウィルスが、彼女の体に乗り移っても何ら不思議はなかった。

連れてこられた母親は、既に歩くことも出来ず、やっと娘の存在が分かるような意識が朦朧とした状態だった。

母親も既に凶暴なウィルスに、体中を侵され、あらゆる臓器を破壊しつくされていた。

最期の別れのためにわざわざ娘を訪ねて来たのだ。

それから付きっきりで看病していた看護師マリ・ヨルバは、いつもの冷静さを欠き、肉親という特別な感情を抑えることが出来なかった。

急に痙攣したり、急に嘔吐した時に、いつもならば必ず新たに最低二枚の手袋をつけ、必ずマスクチェックもするのに、この時ばかりは冷静ではなかった。

殆どは素手で、マスクもなしに母親の体に触れ、何も危険に対する感情が湧いてこなかった。

やがて最期の別れの時にも、彼女は母親に頬ずりをし、素手で手を握り、誰もそれを咎めることは出来なかった。

まるで自分もすぐ後から行くから安心してと言っているように見えた。

それからわずかに三日後の２０１４年11月10日、マリの体調が狂いだした。

初めは脳に異常を来したように、急に訳の分からないことをわめき出し、母親を失った悲しみから来る異常行動かと、明美は思った。

しかし来るべき時が来て、さらに四日もすると母親と同じように、出血が始まった。

決して痩せている方ではない彼女の頬は既にげっそりと落ち、特有の落ち込んだ眼窩と、目だけが異様に光る容貌、今は白いはずの結膜は黄色く、しかも充血していた。

母親から最期に渡された、木彫りの小さな十字架をしっかりと胸に抱き、既に覚悟は出来ているといった視線を明美に向けた。

明美が不眠不休でマリに寄り添っていたことは本人も気付いていたので、「ごめんなさい、何もしてあげられなくて」と明美が言ったが、マリにとってはかえって辛い言葉であった。

「ありがとう、一緒に仕事ができてとても光栄でした、先生がいなかったら、とっくに逃げ出していたと思うわ」

「その方がこんなことにならなかったかもね」

マリはわずかにはにかむように微笑んだ。

「ごめんなさい、私はまだ頑張るつもり、貴方の頑張りを無駄にはしないわ」

マリの頬に触ろうとする明美をしぐさで拒否し、「ありがとう」と一言つぶやいた。

「何か私にして欲しいことはあるかしら」

「大丈夫、私は大丈夫よ、私にはこれがあるから、一緒に祈って」手の中の十字架を見せた。

「一人ぼっちのジャンをよろしく」

明美もそうだが、マリはよくジャンの面倒を見ていた。

「もちろん、ジャンのことはまかせて」

マリの枕元にある古いカセットレコーダーから、あのベートーヴェン『弦楽四重奏曲　ラズモフスキー』が静かに流れていた。

ナイジェリアで看護師の教育に携わった、彼女の恋人が残していったカセットテープだった。

今彼女の瞼には、神に召される前に、両親や、恋人との思い出が、四本の弦に絡まって溶け合って流れているのだろうか。

荘厳で優しく、時に力強い旋律に、励まされ、癒やされて、今彼女は彼の懐に抱かれているのだろうか。

何も怖くはない、大丈夫と言うマリの表情には、まるで苦悶の色が窺えなかった。

「アケミ、貴方への感謝の言葉を探しているけど……」その後の言葉が出て来なかった。

明美は黙ってマリの手をさすっていた。

多くの日本人が無宗教であるように、明美にも特定の宗教はなかった。

自分も死に瀕した時、マリのような安らかな気持ちで居られるのかは自信がなかった。

明美は、ジャンの肩を抱きながら、二人でマリの顔を覗き込んでいた。

それから間もなくして、マリは静かに息を引き取った。

そのまま明美とジャンは肩を抱きながら、しばらくは動けなかった。

「大丈夫、ジャン、貴方は私が守ってあげるから」

ジャンの目には、母親に甘えるような優しさと安心した表情が漂っていた。

2015年1月5日――毒薬エルカンデュー

2013年12月に、明美がアフリカの土を踏んでから一年以上がたった。

相変わらず、病院と、そして兵士に見守られて難民キャンプや各村を訪問する日々の医療活動が続いていた。

難民キャンプや各地方の部落では、各国からの人道支援も進み、何よりも紛争を過激化する気力、精神力が、人々が生きようとする方向への見えない力に変わりつつあることを明美は感じていた。

病院での衛生環境も大分良くなって、やや感染の拡大が収まってきた印象は明らかであった。毎日朝から始まる地獄絵のような修羅場は、今では、ジャンが毎日行うアルコール消毒による清拭のありがたみが薄れるほど、病院内は比較的整然として、看護師マリが残していったカセットから、今日もベートーヴェン『弦楽四重奏曲』が静かに流れていた。

ジャンの心的外傷後ストレス障害（PTSD）はその後完全に回復し、絶えず明美のそばを離れず、まるで明美を常に見守っている、そんな感じさえした。

ジャンの瞳はまるで明美を母親として見ているような、慈愛に溢れたまなざしをしていて、過酷な仕事の合間に見る彼の笑顔に明美は何度救われたことか。

際限なく繰り返された地獄の修羅場のなかで、明美が頑張って来られたのも、彼の存在が心の支えになっていたと彼女も感じていた。

まるでわが子のように。

明美は今迄にも何度となく危険を感じたことがあったが、その都度エボラの感染を逃れてきた。

幾重にも厳重な注意をしてきたが、ただ単に運が良かっただけなのかも知れなかった。

エボラの感染率は医療従事者が圧倒的に高いと言われ、そこに踏み込むことの計り知れない恐ろしさを、当の明美は誰よりも実感していたはずだ。

２０１５年1月5日、明美はいつもと何故か違う朝を迎えた。

いつもであれば、必ず目覚まし時計のアラームが鳴って、もう少し眠らせてと、その後の五分くらいは半分起きていて、半分寝たような状況で、何とかやっと目覚めるのが常であった。

しかし今朝は、その目覚ましが鳴らなかった。

いつもより一時間遅くに気が付いたが、頭が割れるように痛く、目覚まし時計を見ると、何故か針が二重にかすんでみえた。

しかも昨夜、セットはせずに寝てしまったらしい。

時間にはかなり神経質な明美が、寝る前に目覚ましのセットを忘れることなど、いまだかつてなかったことだ。

昨夜のことが全く思い出せない。

一体自分はどうしてしまったのだろうか、ただ疲れただけだろうか。

ここが何処なのかも分からない。

ただ習慣的に起きなければという観念に捕らわれていた。

誰かがドアをノックする音で、一瞬我に返って、はい、と答えたまでは覚えていたが、その後明美は気絶したように、ベッドに倒れ込んだ。

ここは病院の敷地内にある職員のための宿泊施設だが、いつもであればとっくに顔を出しているはずの明美が出てこないので、心配したジャンが部屋に来てみたのだ。

すぐに、医師がよばれ、一緒に看護師も飛んできたが、突然のことで何が起こっているのか、想像もつかない様子であった。

確認された明美の状態は、体温が三八度、血圧は百／六十、脈拍、百二十／分、胸部、腹部に特に異常なく、酸素飽和度は九六％であった。

医師ヤコブは、取りあえず意識の回復を待つことにして、今日は明美ぬきで頑張ろうと、看護師に檄を飛ばした。

昼頃になって、明美の意識は戻って、頭痛と軽い咳が出るようになった。

いざスタッフの身に、訳の分からない現象が起こってみると、医師も看護師もどうしてよいのか途方に暮れた。

何か重大な脳の異常なのか、感染症なのか、このままこの地で経過を見ていて良いものかどうか、迷いに迷った。

明美は自分の判断能力が戻った時に、自分の現在の症状を更に細かく分析してみた。

既に下痢が始まっていること、時々血液の混入が見られること、常時ではないが、激しい頭痛と、意識の混迷が起こること、そして高熱が続くこと、全てエボラ感染に一致していると思われることを、スタッフに伝えた。

すぐに自分の血液、下痢便、自分で採取した膣内の分泌物などを、昨日アランに送る予定で準備していた他の検体と一緒に、パリに送ってほしいと依頼した。

スタッフがフランスに帰るか、せめてナイロビやナイジェリアの病院へ移ることを勧めたが、自分はどのような結果も受け入れるつもりであること、この状態でパリに帰ることは、この病気の感染隔離の原則からはあり得ない選択であることなど、いまの明美の気持ちを伝えた。

明美は、医師ヤコブに指示しながら、末梢静脈から太い中心の静脈内にカテーテルを留置してもらい、カロリーの高い高濃度の点滴投与が開始された。

彼女の、栄養と免疫をテーマにした博士論文を思い出し、何も食べられなくても、とにかく栄養状態の確保は、自分の免疫力にとって大切だと考えていた。

こうして彼女自身が患者として、エボラとの闘いが始まった。

アフリカに来てから毎日のようにエボラの凶暴性に打ちのめされ続けてきた明美だったが、幸いなことに全ての細胞を食い尽くしていく、凄惨なエボラの経過はまだ出ていなかった。

ジャンに感染させたくないと、ジャンを近づけないように指示していたが、ジャンは全くそれを無視して、いまや殆どの時間を明美の看護にあてていた。

アランの元に届いた手紙に、明美がエボラに感染したらしいこと、彼女の血液が同封されていることが書かれていた。

しかし、寝ながら彼女自身が書いたと思われる読みにくい手紙には、必ず元気になって帰るから、今は来ないでほしいと記されていた。

明美は震える手で、ジャンが軽く支えてくれているのを頼りに、アランへの手紙を必死で書いた。

手紙を書きながら、ジャンが耳に入れてくれたのは、明美がフランスから持参していた、CDプレーヤーのイヤホンだった。

そこから聞こえてくる音を聴く事に集中しながら、手の震えが多少治まるのを感じた。

明美がいつも聴いていた、モーツァルトの『フルートとハープのための協奏曲　K299』を、熱でうなされている時も、穏やかな時にも、ずっと流し続けてくれていた。

夢現のなかで、明美の大好きな、軽快で瑞々しいハーモニーは、悪夢でうなされる明美を宥めてくれた。

常に夢を見ているような浮揚感を感じながら、かつてカルノの部落を回っていた時に、近くの部落の祈禱師が、明美に言った言葉を思い浮かべていた。

「この草は、コンゴの熱帯雨林に生息するもので、人を殺す時に飲ますものだ。これを飲ますと、すごい熱を出してうなされ、もがき苦しんで死ぬ。だが、少量を上手く使うと、熱で悪霊が出て行く。二〜三日もすれば元に戻るのだ。どうだ、指先にひとつまみでいい、試しに使ってみないか。死ななければ三回くらいやってみろ。

草の名前は忘れたが、俺はエルカンデューと呼んでいる」

その時の明美は、根拠のないことを人に試すわけにはいかない、と気にも留めなかったが、明美の部屋にはまだそれがあった。

このままでは死ぬかもしれない、カールに会うことも出来ない、どうせ死ぬのなら、祈禱師の話を試してみようかと思った。

明美は口がうまく回らず、聞きづらい口調ながら、同僚の医師ヤコブにその話を伝え、誰もが喜んでいたわけではないが、多くの死を見てきた同僚達にとっては、藁をもすがる思いで、明美の願いを了解してくれた。

ジャンは一時間かけて煎じて煮詰めた茶色の液を、吸い飲みで少しずつ明美の口に入れた。

暫くは何事も起こらなかったが、一時間もすると、明美の顔は真っ赤に腫れたようになり、熱にうなされ、ものすごい悪寒戦慄を来していた。

看護師が体温を測定したが、明美の熱は四十度を超えていた。この時、科学的根拠はないが、人間が生きられる限界の体温になっていたのではないだろうか。

翌日は何とか持ち直し、赤く腫れた顔も青白く元に戻っていた。祈禱師が言った毒死にはならなかった。

明美は、翌日も、そしてその翌日も、祈禱師の教えの通りに、合計三回、熱に浮かされて、四日目の朝を迎えていた。


アランは、既に明美からの検体の扱い手順にも慣れ、前の時とは意味の違う不安感に襲われながら、手が震えてもミスをしないよう注意して、検査を進めていった。

明美からの検体は血液、血便、そして膣内粘液物質だった。

もう既に情報があったので、まず粘液物質から、エボラウィルスの粒子を電子顕微鏡で確認することにした。

何度も繰り返し、検体を改めもしながら、検査を進めたアランは、覗き込んでいる体の動きも、目も、一瞬凍ったように動かなくなった。

そのまま呼吸を忘れたように、三十秒くらいして、喘ぐように深く息を吸った。

顕微鏡の中の明美の検体からは、あの忌まわしい紐がまきついたウィルスがアランをにらみ付けるように、今にも顕微鏡からアランに飛びかかってきそうな形相で、そこに潜んでいた。

動顚し、息もつまるような重圧感と闘いながら、最終評価へと詰めていった。

アランは考えた。

明美は明らかにエボラに感染した。

あとは、明美とウィルスとの闘いだ。

エボラの致死率は高くても七〇～八〇％なのだから、二〇％も助かる人がいるではないか、と心の中で手を合わせて祈った。

２０１５年1月26日――アランの苦悩

２０１５年1月5日の朝、明美が初めの脳神経症状で発症してから、カールが明美の枕元に辿りついた日まで、今日で丁度二十日が経過していた。

カールはバンギ病院にかけた電話で、明美がエボラに感染したらしく、闘病していると聞かされて、慌てて飛んできた。

空港の閉鎖が、三日前にやっと解除されたばかりだった。

まだベッドに横になっていた明美は、カールの力強い抱擁がたまらなく嬉しかった。

「大丈夫だ、元気そうに見える、カールウィルスではなかったみたいだね」

カールの冗談に、寝込んでから初めて明美の顔に笑顔が戻ってきた。

「カール、もう大丈夫そうよ、貴方は元気なの」

「見ての通りさ、至って元気」

傍にいたジャンは訳が分からず、遠慮して離れようとしたところ、明美はカールにジャンを紹介した。

「カール、こちらは私の大好きなジャンよ、ここではとても頼りがいがあるのよ。ジャン、こちらは私の一番大切な人、シエラレオネで医療活動している、スイスのドクターでカールさんよ」

二人はお互いの目を見つめながら、しっかりと握手をしていた。

ジャンは明美にはアランという夫がいる話を聞いていたので、大切な人、と紹介されても、意味が分からなかったが、ただ今感じたのは、以前テレビ映画で見たことがある、トム・クルーズみたいに、恰好がいい人だということであった。

「アケミ、本当に良かったね」

「ありがとう、貴方のおかげよ、いつも貴方が夢枕で励ましていてくれたわ」

ジャンは何故かやきもちのような気持ちが湧いてきた。ずっと傍にいたのは僕なのにと。

「アケミ、ところで近いうちに、チューリッヒの自宅に戻り、家族とのけじめを付けるつもりでいるよ」

カールの決心の強さを感じていた明美には、まだ病み上がりの中で、自分にも何の迷いもないことが分かっていた。

「ありがとう、その気持ちとても嬉しい、パリで待っているわ」

既に明美の熱は下がり、心配された脳神経症状も最近は全くなく、何よりもエボラ特有の消化器症状や出血が完全に治まっていた。

感染力がありそうな、体からの分泌物はなく、経口的に水分摂取が可能になってきていた。確保された点滴チューブのおかげで、明美は全く経口摂取が出来なかった十二日間、充分な栄養を摂取することができ、明美本来の免疫力が温存されたことは、とても大きな事であった。

一年以上に及ぶアフリカでのエボラとの闘いは、今迄明美が学び、実践してきた先進医療を駆使するものでは決してなかった。

むしろなすすべも無く、自分が神に祈る祈禱師のように感じる時すらあった。

凶暴なウィルスと闘う時の人間は、何かを受け入れ、何かを失い、また新たな闘いに備えなければならないのだろう。

最近になってやっと、この中央アフリカでも、カールのいるシエラレオネでも、感染が収まりつつあることを明美は聞いていた。

今の明美には、自分がこの地でエボラと日々闘ったことで、ひとまず終焉に向かったのではなく、多くの人類の犠牲の結果、寄生して生き残らなければならないウィルスが次第に減少して力を落としていったとしか思えない辛さがあった。

また新たな闘いは必ず起こる。

その時には、もっと自分も強くなって戻ってこよう。

明美は心に誓っていた。


カールが明美の元を訪れた翌日、パリから駆けつけたアランが明美の枕元にいた。

いつも自信に満ちあふれたアランの姿はそこになく、顔は青白く、いくらか痩せて元気のないアランだった。

「アケミ、元気になって良かった、遅くなってごめん」

「ありがとう、ご心配おかけしました」

二人の抱擁は何となくぎこちなく、カールとの間のように情熱的な喜びが感じられず、その差は、ジャンの目から見ても明らかだった。

「アラン、こちらはジャンよ、とてもお世話になっているの、ジャン、こちらは夫のアランよ」

元気になってきた明美を見て、とても嬉しく、安心したジャンだが、もうじき十六歳になるジャンには、事情を知らないせいもあり、大人が人を愛する感情を理解できなかった。

ジャンが初めて見たアランへの第一印象は、とても誠実そうで、誰かに似ているなと思ったがなかなか思い出せなかった。

だがしばらくして、やはりアメリカ映画で見た、トム・ハンクスを思い出していた。

「アラン、ずいぶんと痩せて、何か元気がないみたいね」自分が病み上がりにもかかわらず、アランの変わりように、明美は戸惑っていた。

「そうね、色々あったからね」アランは、明美を失ったみじめさのためだ、とは今更言えなかった。

「アラン、こんな時になんだけど」明美は自分がひどく残酷だと感じたが、いつまでもこのままではいられないと思う心境の方が勝ってしまった。

アランは明美の神妙な面持ちに、せっかく飛んで来てあげたのに、という気持ちは全くなかった。

「貴方には大変申し訳ないけれど、十九歳のときから、最近までの十七年間、手紙だけでの付き合いでしたが、カールというスイス人の彼がいます。

いまシオラレオネで医療活動していて、昨日私に会いに来てくれました。

家族にけじめをつけるため、近いうちにスイスに帰るそうです」

ここまでの話をアランは神妙に、むしろ冷静に聞いていたが、明美は、アランの優しくいたわるような視線と微笑みを見て驚いていた。

「そうか、僕が君にした仕打ちと比べたら」他愛のない過ちだと、言おうとして、言葉を呑み込んだ。明美にとっては他愛のないものではないのだろうと思ったからだ。

「わかったよ、君がいま大切な選択をしようとしていることが。ただ、まだ最終章で決まったことではないだろうから」

アランは自分の気持ちをどうして伝えようか、言葉に詰まった。

「僕は、いま君が大切に思っているカールという人のライバルとして、君に結婚を申し込んだ時と同じ気持ちで、もう一度君にアピールするつもりだよ。ただ、今は心から君にお詫びしたいと思っている」

意外なアランの言葉と態度に明美の心は微妙に揺れた。

「君はもうすぐ元気になって、パリに帰るだろうから、僕は後から、君の元にひざまずきに帰ることにするよ」

アランは、明美が元気になって、パリに帰るのを見送った後、一カ月程の予定で、バンギに残ることを既に決心していた。

今迄、ウィルス学の権威として、エボラについても研究成果を世界に発信していたが、実際にアフリカの現地に来た事はなかったのだ。

自分のライフワークであるなら、実際に苦しむ患者の姿と、その患者を苦しめているウィルスとを対比して、全てをこの目で確かめなければ何の意味もないと思うに至った。

一カ月くらいを目途に、医療の現場に寄り添い、患者の声を直接聞き、感染初期にも、回復期にも、そして死亡後にも、必要な検体を採取したいと思った。

明美が思い知らされた挫折の意味も、今のアランには充分に理解出来た。

これでも以前に比べれば大分感染が終息に向かっていると聞いていたので、アランは、この一年間の明美の闘いが如何にすさまじいものであったかを改めて感じていた。

こうしてアランの苦悩と闘いが始まった。

2015年2月10日――アルプス　飛行機墜落事故

運命の糸で呼び寄せられたあのカールは、明美との約束を果たすため、自宅のあるチューリッヒへの帰途に就いた。

一年以上に亘り、あのおぞましいウィルスと闘った後、運命をたぐり寄せることになった最終章になって、自分の体の中にウィルスが侵入してしまったことをカールはまだ知らない。

2015年2月10日、経由したカサブランカ空港で、カールを乗せた飛行機は定刻より十分遅れて十時十分に離陸した。

飛行機は順調に高度を上げ、十五分後には水平飛行に移っていた。

カールは厳しかったアフリカでの体験を思い出し、あの明美が感じたような絶望感を振り払い、それを何とか少しでも達成感で包み込みたいと、治療成功例の患者達の顔を思い浮かべる努力をしていた。

カールは昨日から微熱があり、しつこい咳に悩まされていた。

そして搭乗の直前に腹痛を感じ、トイレに駆け込んだカールはひどい下痢と血便を目にした。窓の下に見える雲や、雲間の景色を見る心のゆとりはなかった。

離陸から二時間三十分後、十四時四十分に機内のアナウンスがあった。

「これからアルプス上空にかかります。気流の乱れで、飛行機が揺れますので、席についてシートベルトを締めてください」

十四時五十分、機体の後方で何かドンという衝撃音が聞こえ、巡航高度がやや低下し、さらに二万六千フィート（七千八百メートル）となったところで、急に機体が急降下を始め、機内は騒然となった。

機長がアナウンスするゆとりもなく、コックピット内では、機を上昇させるためにあらゆる手段が取られていた。

この時何か大きなものに当たったたか、垂直尾翼が破壊され、これと同時に油圧系統に異常を来していた。

十五時〇分、コックピットから絶叫に近いやり取りが、管制官に届いていた。

限りなくアルプスの山に接近しており、ダッチロールしながら着陸ギアを下ろし、百八十度海側に向けて転回、高度八千フィートに降下、再び内陸に百八十度転回、さらに四千フィートまで急降下していた。

この頃になると、アルプスの山岳地帯にそって左右に迷走し、山肌が明らかに眼下に捉えられた。

十五時十三分、管制官のレーダーから機体が消えた。

十五時十四分、機内には客室高度警報音が鳴り続け、さらに速度が急激に落ちて、失速警報装置が作動し、コックピット内では眼下の山が目の前に迫って来ていて、緊迫と絶望的な、会話というよりも、絶叫のやり取りが聞こえた。

十五時十五分、さらに急降下し真っ白な岩肌が目の前に向かって来て、機長は機体を戻そうと必死にフラップを上げようとしたが、機体は右に極度に傾き、そのまま白い世界に突っ込んでいった。

機体が墜落した場所は、例年になく豪雪が続いたアレッジ氷河の一角であった。

この年ヨーロッパアルプスでは異常気象のため豪雪続きで、捜索隊は出動出来ず、勿論観光客の登山も禁止され、登山電車も全面的に運行中止の状態だった。

飛行機の残骸、遺体は広く散乱し、厚い氷河と、更に雪で覆われ、その翌年も捜索は不可能であった。

四千メートル級の九つの山頂に囲まれ凍りついた青白い世界は、明美にとってといとおしく大切だったカールの命を一瞬のうちに飲み込み、決して放そうとはしなかった。

２０１５年５月10日――家族の絆

2月10日、元気になった明美は、感染も大分終息に向かった今であれば、スタッフに迷惑はかけないだろう、軍にまた迷惑をかけるようなことはしたくない、などと思いながら、パリに帰る支度を始めていたところであった。

そんな時、ジャンがラジオの放送で、飛行機事故を知り、ながながと乗客リストの名前が読まれる中に、カール・フェデラーの名前を聞いた。

何気なく聞いていたので、まだ信じられず、その時点で明美に伝えることは出来ず、繰り返されたニュースをもう一度注意深く聞いていた。

再度聞いたニュースで、スイス人医師カール・フェデラーという名前に間違いはなかった。

カールの訃報を聞いた時から、明美はあまりの衝撃で、何も手に付かなくなり、まるで夢遊病者であった。

三日間、明美はあの毒薬エルカンデューを飲んでうなされた時のように、呆けた状態が続いていたが、カールウィルスには勝てないのだろうかと、絶望の淵で考える余裕はまだ残っていた。

エボラウィルスに打ちのめされて、自分だけ何とか生還して、今度は、長い間の夢の世界が、現実となる喜びもつかの間、絶望のどん底に落とされて、どうやってこの先生きて行こうか、明美は、絶望の淵で考えていた。

この時にも、明美を救うきっかけを作ったのがジャンであった。

家族全員を残酷な形で失ったジャンが、一生懸命に明美を励まそうとしてくれているのに、彼の話を聞く心も持てなかった自分が情けなく、無理やりジャンの心配そうな視線を受け止めた。

「僕は、明美がそれほどカールを好きだとは知らなくて、だから、明美の悲しみが分からなくて、ごめんなさい」

「ジャン、貴方も家族を失ったのね、私の方こそごめんなさい」

ジャンは、病院に辿りついて以来、まだ一度もそのことで泣いたことはなかったが、いま明美に謝られて、明美がジャンの頭を胸に抱きしめた時、急に昔を思い出してしまった。

優しく可愛がってくれた両親サリやエマのこと、あの可愛らしかった弟のイグのことなどが、目の前に現れて、ジャンはたまらなく恋しくなった。

ジャンが忘れようと努めていた、悲しい思い出を呼び覚ましてしまったことで、明美は我に返った。

このジャンの為にも元気を出さなければいけないと思い直していた。

「ジャン、ごめん、私が悪かったわ、私にはジャン、貴方がいてくれたわ。

一緒にパリに帰りましょう、ジャン、私の子供になってくれるかしら、私の養子になって、一緒に生活しましょう。私の傍にいてくれる、どう、ジャン」

「僕なんかでいいの、お母さんと呼んでいいの」

「そうよ、ジャン、お母さんと呼んで」ジャンはまるで十歳の子供に戻ってしまったように、明美に甘えていたが、照れたように明美の手を固く握った。

一方、アランはアフリカに来て以来、何かにとり憑かれたように、今迄明美が頑張っていた医療活動の代わりを果たしていた。

病院内の医療にも、部落での医療にも、共に悩み、苦しみ、命を救うにはどうしたらいいのか、アランなりに悩んでいた。

もともと臨床医では無かったアランだが、自分が何かの役に立てるとしたら、最近の比較的平穏に戻った状況をみて、現場に検査を取り戻せたら、と考えた。

病院内には、医療に最低限必要な、血液検査と生化学検査の機器が、シートを被ったまま、薄く埃に覆われて、部屋の隅に見捨てられていた。

血液検査は、感染症や貧血を知るために赤血球、白血球の数を調べ、また血小板の数を調べ、出血傾向を知るために欠かせない。

また、血液生化学検査は、肝機能や、腎機能、そして血糖値など、生命にとって不可欠な血液の検査なのだ。

看護師に、機械の説明書がないか確認したところ、しっかりと保存されており、日本の田中製作所の物で、分厚い英語の説明書があった。

必要な試薬は手つかずに充分残されていた。

アランは食い入るように説明書を眺め、実際に患者から採血された血液を使って、検査を始め、次第に安定した結果が得られるようになってきた。

更にもう一つ、埋もれていたレントゲン一般撮影装置と、現像装置も、完全に使えるようにした。

これらの検査は、慣れてしまえば、誰でも出来ることなので、アランは将来のことも考えて、医師のヤコブと一緒にやることにした。

幸いにもヤコブは、誰よりも検査の必要性を感じていたため、アランの誘いに喜んで参加した。

明美は、そんなアランを避けているつもりではなかったが、あまりにも一生懸命で、逆に声をかけづらい雰囲気を感じたくらいだった。

アランが病院を訪れて、まだ三日しかたっていなかったが、もう立派にスタッフの一員になっていた。

アランは、今の明美にはかえって慰めの言葉はかけない方がいいだろう、ただ自分の明美に対する誠意をどのように表し、彼女に語りかけるきっかけを何時にしようか、何から話そうか、ずっと悩み続けていた。

彼女がパリに帰ると言い出すまでに、いつかちゃんと話さなければと内面では焦っていた。

一方の明美は、ジャンに諭されたような形になって、再び診療に加わって、いつ帰るかまだ決心出来ないでいた。

そんなある日、病院を訪れた、若いアフリカ軍兵士がいた。

見るからに元気そうで、昨日から軽い咳が出て、頭が痛いということだった。

直ぐ近くの難民キャンプにいたので、上官から受診してこいと言われて来院したとのことだった。

明美がまず一通り診察し、胸部の聴診でも、酸素飽和度でも、全く異常がなく、咳止めと鎮痛剤を出して、帰そうとしていた。

そばで様子を見ていたアランが、声をかけてきた。

「ドクター明美、申し訳ないがこの患者さんに、血液検査とレントゲン検査をさせてもらえませんか」なんとなくぎこちなく、あまり使ったことがない丁寧語が下手に使われていた。

明美も断る理由はなかったので、「お願いします」と答えた。

早速、ヤコブ・トマが、患者の採血、レントゲン検査、血液検査の全てを実施した。

検査の結果は直ぐに判明し、若い兵士の胸部レントゲン写真は、左の肺にひどい肺炎の所見があり、血液検査の結果、白血球と、血小板の減少、著しい肝機能検査の異常が明らかとなった。

明美は、咄嗟にエボラ感染を疑い、最近では使用していなかった二階の病室に、患者を隔離するように看護師に指示した。

不顕性感染を早く見つければ何とかなると、かつてアフリカ軍総司令官ニコラに言った自分の台詞を思い出し、明美は赤面してしまった。

ふとアランの方を見返した時、そこに明美はアランの優しい微笑みを見て、慌てて眼を伏せてしまった。

入院後は、明美が自分自身にも行ったように、高カロリーの点滴と、菌の二次感染を防ぐ抗生剤の投与を指示したが、何よりも、スタッフへの感染の防御には充分に注意をした。

そして部隊の指揮官に連絡を取り、確認を取ったが、他に変わった症状のある兵士はいないことが分かった。

兵士の経過は、脳神経症状は全くなく、その後の消化器症状、下血など、明美の経過に酷似していたので、明美はエボラの感染を確信していた。

兵士は、明美が受けたエルカンデュー療法を受けるまでもなく、徐々に回復に向かっていった。

兵士が入院して丁度二十日が経過し、危険な状態から脱したと思われた、そんなある日の午後、午前の仕事を終えて、明美は疲れたように椅子に坐ってコーヒーを飲んでいた。

突然アランが話しかけてきた。

「あの兵士、元気になってきて、本当に良かったね、治そうとする君の執念を見せてもらったよ」

「貴方が、検査を勧めてくれたからだわ」

「とんでもない、検査が出来るようになって、試してみたかっただけだもの」

あまり明美には話をさせないように、逆に気を遣っているようにも見えた。

「明美が感染した時にも、同じように栄養を確保したんだろうね」

「そうだけど、わたしの場合は、毒薬を使ったのよ」

「毒薬？」

明美は、冗談とも思えるような、例の祈禱師の毒薬の話をして、「私が助かったのは、この毒薬の助けがあったからよ」

少しは冗談も言える気分になっていた、明美の笑顔もあった。

アランは、まだ二人のことは何も口にはしていなかったが、明美に笑顔が戻ってきて、嬉しい気持ちが込み上げていた。

「その毒薬調べてみたいね、もともと病気に効く薬を探す方法には、ありとあらゆる物を試すと聞いているよ」明美は黙って聞いていた。

「ウィルスの中には、熱にとても弱い物もあるし、毒薬で高熱を出したことは、治療として医学的に根拠がないことではないかもね」

明美も何となくアランの言っている意味がわかった。

「明美、もう少し僕と付き合ってくれ、という意味が分からず、きょとんとしていたが、
明美は、付き合ってくれないか」

「ああ、ごめん、つまり、毒薬をくれた祈禱師のいる村まで、僕を連れて行ってくれないかい、
パリに帰ったら、成分を分析してもらおうと思う」

ウィルスが専門のアランが、こんなことに興味を持っていることが明美には不思議であった。

「私も、せっかく終息に向かってきた今、もう少しで完全な終焉になるのなら、それを確認してからパリに帰れたらいいなと思い始めていたところよ」

最近では、民族同士の紛争、イスラム過激派武装団の襲撃も、バンギ近郊では見られなくなったため、軍の同行なしでも安全だろうと明美は思った。

「それは良かった、明日にでもどうかな」

「スタッフに頼んでみるわ、ジャンも一緒でいいかしら」

「もちろんだとも」


その翌日、明美はアランとジャンを同行して、たった一台だけある病院の車、古く錆びた日豊サイラスを運転して、幹線道路を走り始めた。

一年ほど前、カルノの姉妹をやむなく送りだしたことを、明美は今でも悲しみを持って思い出すことがあった。あの二人はその後どうしているだろうかと。

今向かっているのは、まさにそのカルノの部落に隣接した森の中に住む祈禱師であった。幹線道路を三時間ほど進んで、カルノの集落に差し掛かった時、明美は運転しながら、前方に小さな露店が並び、野菜や、何かの肉や、下着などを売っている何店かの店舗が見えた。こんな所でも、逞しく生きる人達の姿を見て何となく嬉しくなって、明美はスピードを落として眺めた。

そこに明美は懐かしいあの二人の姉妹を見つけた。

店の前に客は誰もいなかったが、二人で楽しそうに会話をしている様子だった。前に車を止めるや、明美は車を飛び出し、二人に向かって駆け寄ったが、二人とも同時に明美に気付き、何やらわめきながら明美に飛びついて来た。

二人が元気に生きていたこと、明美の医療が無駄ではなかったことを、この時、明美は実感していた。

「元気でいてくれてとてもうれしいわ、あの時ご両親と悲しいお別れをしたけど、今は、貴方達のことを、ご両親が見守っていてくれているのよ」

「先生、ありがとう」

まさかもう一度会えるとは思っていなかっただけに、明美は、一時、二人との思い出にふけっていた。

「そう、今日は、カルノで有名な祈禱師がいたわね、その人に会いに来たの。名前はわからないけど」

「この辺で知らない人はいないわ、その先の茂みから左に入って行けば、森の中にいるわ」

「ありがとう、これからも元気でいてね」アフリカに来て、治療した家族に直接こうして会えたことは、明美にとって貴重な経験に思えた。

「もしかしたら、帰りにも会えるかな」そう言い添えて、手を振る二人を残して、明美は再び車中の人となった。

やがて川沿いの細い道路に移り、さらに林の中を進み、時に密生した森を通り、木を切り開いた空間に、粗末な住居が見えた。車を降りた三人は、家の前のデッキに、瞑想している例の祈禱師を見つけ、歩み寄った。

「突然お邪魔してすみません。バンギ病院のドクター明美です、以前カルノの部落でお会いした時に、毒薬エルカンデューを頂きました。私自身が病気にかかり、死にそうになった時、思い出して、毒薬を使いました。今こうして元気でいます」祈禱師は黙って聞いていた。

「ここにいるのは私の主人で、やはり医師です。全部使ってしまって、残りがありません。患者さんのために、少し分けていただけませんでしょうか」

「いま手元には少ししかないが」

家の中から、紙にくるんだ乾燥した薬草を手渡した。

「バンギからこんな物のためにわざわざ来たのか。

この辺は、盗賊が出るから、気を付けて帰れよ」

いとも簡単に、あまりにもあっけなく、毒薬が手に入ったことで、かえって祈禱師の言葉が気になった明美は、お礼もそこそこにバンギへの帰路を急いだ。

細い道路を一時間程戻って、再び幹線道路に入ったのは、バンギを出ておよそ五時間たったところで、午後一時であった。

もう一度あの姉妹の所を通り、敢えて車からは降りずに、窓越しに二人と抱擁し、そして別れた。バックミラーを通して、二人のいつまでも手を振り続けている姿が、あの時と同じように次第に遠ざかり、そして土埃の中に消えた。

二十分ほど走った時、道路に人が寝ているのか、倒れているのか、赤土にまみれて横たわっているのが見えた。さほどスピードは出していなかったので、ゆっくりと手前で車を止めた。

車の外に出ようとする明美を、アランは無言で制した。

男の勘で何かただならぬ気配を感じていたからだ。

しかし明美は、目の前に人が倒れていたら、そのまま脇を抜けて通り去ることは出来なかった。

アランの制止を振り切って、横たわった人に近づいた瞬間、男はいきなり明美を後ろからはがいじめにし、大きなナイフを明美の首に当てた。

同時に他の男二人が駆け寄り、アランとジャンを車から連れ出し、明美の一メートルほど離れた場所で、もう一人がジャンの首にナイフを当てていた。

「金目の物があったら出せ」

三人の中のボスらしい男が、強がったようにアランに命令し、車に戻ろうとするアランを制し、自分で車の中を物色し始めた。

この時なぜ、男はアランだけ一人自由にしたかを不思議に思いながら、アランの動きは早かった。

アランは空手の回し飛び蹴りで、ほぼ同時に二人の顔面に蹴りを入れたため、二人とも一瞬のうちに昏倒した。その隙に、明美とジャンは場所を移動していた。

二人目が僅かに起き上がりそうに見えた瞬間、アランはもう一度正面から正拳突きを顔面に入れた。

慌てて車から出てきた男は、不覚を取ったことに気付いたが遅かった。大きなナイフをかざして、アランに向かって来ようとしたが、アランの殺気に、そのまま二人をおいて逃げ出した。

何が起こったのかまだ分からない明美と、ジャンを後部座席へ乗せて、アランは伸びている二人を道路の脇に寄せた。

「びっくりしたね、もう大丈夫だ、今度は僕が運転するから」

何事もなかったように、運転を代わって、アランはバンギに向けて走りだした。

明美は後ろの座席で、自分の首に当てられた冷たい感触をもう一度思い起こしながら、一瞬のうちに二人を救って、何事もなかったような顔をして運転しているのが、本当にアランなのか、夢をみているような心地であった。

※

それから更に一カ月が過ぎて、今日は２０１５年5月10日、あの忌まわしい飛行機事故から丁度三カ月が経っていた。

最近では、明美も、アランもパリに帰る話を口にしなくなっていた。

アランの武勇伝に、明美は勿論何となくわくわくしていたが、それよりもジャンは、アランに空手を教えてくれとせがんでいた。

「パリに帰ったら好きなだけやればいい」

ジャンにとっては憧れの、頼もしい父親像であった。

そんなある日、アランは明美にこう切り出した。

「明美、もう君は充分過ぎるほどアフリカの人達のために尽くしてきた、しかも何回も危険をくぐり抜けて来たと思う、不思議なほどに」

何を言い出すのかと多少構えたが、次に聞いた言葉は、明美を驚かせた。

それは二カ月程前の明美では考えられない驚きであった。

「これ以上明美が危険な思いをするのは僕には耐えられない、どうかもう充分だから、ジャンをつれて、パリに帰ってくれないか」

ここで、以前の明美からは出るはずのない言葉があった。

「貴方はどうするの」

「僕は、この年になって、やっと医療の重みが分かったような気がするんだ。

もう少しアフリカに残って、この病気の完全な終息を見届けてから帰ることにするよ。

もし、その時に僕の過去の過ちを許してくれて、受け入れてくれることができそうなら、もう一度明美とやり直したいと強く思っている」

明美の心は大きく震えていた。

アフリカに来て、多くのものを失い、たくさんの大切なものを得た。

過去の一度の過ちを謝罪するために、言葉でなく、身を挺して明美を守り、明美の仕事を陰で支えてくれている。そして、最後にエボラにうつるかもしれない危険を背負おうとさえしている。

その大切なものをまた失おうというの。そうだ、その大切なものの一つがアランなのでは。

神様は、私に過酷な試練を与えて、そしてアランを再び与えてくださった。

そして、ジャンまでも。

「アラン！」

明美はまるで心の底から搾り出すように、アランを求めて叫んだ。

エピローグ　その一

2015年6月3日――パリ　シャルル・ドゴール空港

イスラム過激派武装団もキリスト教民兵組織もいまや皮肉にもウィルスにより壊滅的状況になり、アフリカ各地でお互いを襲撃する力はもはや残されていなかった。

生き残った部落民、避難民達は、お互いの憎しみの連鎖により、尊い命を更に少なくする愚かさと無意味さを思い知らされ、共に生きる隣人に心を開き、これから生き残るために必要な人類の戦いの対象は隣の人間でなく、未知のウィルスや自然の脅威であることにやっと気付いたようだ。

人の心に宿る過激な思想、残酷な負の連鎖を消去したのは、空爆や機関銃でも、細菌兵器でもなかったのだ。

明美のアフリカでの人道支援が、母国フランスにおいても連日大々的に報道され、今や毎日の人気テレビドラマ以上の大反響となってしまっていた。

日々の医療活動の恐るべき現状、地域紛争における人間の残虐性もさることながら、アフリカの紛争にかかわる欧米の責任を改めて知らされたことなど、報道としての意義が大きかったようだ。

ただしもっとも国民の興味を引いたものは、けなげにも見える明美の、凶暴なエボラとの闘いが、人間愛に基づいた武勇伝に見えたことかもしれない。

２０１５年6月３日、フランス国軍から特別准尉の称号を受けた明美は、フランス軍の制服を着て特別機から颯爽とタラップを降りてきた。

居並ぶ報道陣、軍の上層部、政府要人の前で、見事な敬礼をして微笑んでみせた。

そして、傍らに緊張の面持ちで微笑んでいた、明美の養子となった少年ジャンの頭を彼女の胸に抱きしめた。

エピローグ　その二

2018年8月1日――アレッジ氷河　追悼

ジャンはパリで、明美夫婦の養子として、二人に愛されながら、更に素直に成長し、新たに中学から通い始め、他の学生よりは二〜三歳ほど年長ながら、高校に通っていた。

明美は三年前、思いがけず養子としてジャンを迎えた幸福と引き換えに、十七年間も尊い心の支えとなった、いとしいカールを飛行機事故で失った。

大きな絶望にもかかわらず、この時も明美を救ってくれたのは外でもない、ジャンであり、そして、誠実な、明美だけのアランを受け入れ、家族の絆を深めることが出来た。

2017年8月から、遺体発見の困難な捜索が開始されたが、厚く果てしない氷河に阻まれ、捜索は難航し、虚しく月日を重ねていった。

ユングフラウヨッホの駅には、犠牲者百六十一人の記念碑が氷河の一角に建てられていた。

2018年8月、既に明美は、お互いの過去と向き合い、そして全てを許し合い、アランと共に、幸せな日常生活を取り戻していた。

2018年8月1日、この日、三人で記念碑を訪れ、カールへの追悼と献花をし、最期の別れを告げることが出来た。

記念碑の前で、最期の別れを惜しむように、十分くらい三人で抱きあっていた。

それぞれの頬には、忘れてしまいたい記憶と、大切にしたい思いが交錯し、一筋の涙が流れていたが、三人の腕の力が次第に緩められた時、既に涙は消え、これからの生活に向けての希望の光が、白い氷河を背景に、燦々と煌めく太陽の光と絡み合った。

2025年8月7日――アレッジ氷河

それから七年後の2025年8月、この年は地球温暖化の影響で、北極の氷も急激な勢いで溶け、ここアレッジ氷河でも、万年氷雪がどんどん後退し、通常の半分程の幅と長さになっていた。

2025年8月7日、氷河でゴールデンレトリバーとそり遊びをしている男がいた。

大人しく、めったに吠えない大きな犬が、ひどく興奮して吠えるので、男が犬の傍に駆け寄ってみると、そこには氷から筍が生え出たように、一本の人間の腕があった。

早速地元の警察、捜索隊等に連絡が入り、改めて捜索が再開された。

広範囲に散乱された遺体の捜索には、延べ三百人が動員され、機体の残骸、遺体の発見に全力が注がれた。

この中には明美の愛しいカールの遺体が広範囲で飛び散り、ウィルスと共に眠っているはずだ。

十年間氷に覆われていた人間の細胞内で凍ったウィルスは、この後どのようにして寄生する生きた細胞に辿りつき、息を吹き返すのか、まだ誰も知らない。

あとがき

本書は小説であり、ここに登場する人物と物語はすべて想像によるものである。

ここに引用された諸機関や団体においては、その存在の社会的重要性から、あえて実名を使用した物もあるが、その活動と関係する人物はやはり創造されたものである。

アフリカ各地の地理や最近の情勢については、多くの書物、インターネットを駆使し、また国立国会図書館にも足しげく通って多くの情報を得た。

アフリカ各地の地理、気候など、今では現地にいるような錯覚すら覚えることがある。

各地の情勢は刻々と移り変わっており、この小説が出るころには、アフリカ各地の政情不安による紛争、イスラム教徒とキリスト教徒の憎しみの連鎖、そこに加えてエボラウィルス感染の拡大など、大きく変化していることが予想される。

あくまでもフィクションではあるが、医学的根拠や社会情勢の分析には事実を充分に理解したうえで、小説として相応しいように表現することを心がけた。

地球の誕生と、それを舞台にした多くの進化を経て人類が生まれ、その後の長い時の流れの中で、さまざまな自然の脅威にさらされながら、人類はおのれの生命の危機を乗り越え、さらにさまざまなウィルスとの闘いの中で、さらなる生命の進化を得てきた。

大宇宙の中の小さな地球、地球上の大小の国々、さらにその中の限られた地域で、人類は生を育み、そして今日も生活を営んでいるが、愚かにも隣人同士が自らの尊い命を掛けて抗争を繰り返しているのである。

本書を書き終えてなお、正直なところ不完全燃焼であることを白状せざるを得ない。

それは、エボラ出血熱の凶暴性も、アフリカ各地で今日も繰り返されている民族紛争、宗教間の憎しみの連鎖、反政府組織との闘いでの政情不安、貧困など、あまりにも人間の悲劇が強すぎて、何も語り尽くせていないと感じる不満からである。

事実は小説より奇なり、と言われるが、奇という表現が、不思議とか興味深いと訳されることに比べ、アフリカでの事実はあまりに重いと感じる。

ウィルスについて言えば、人類は必ず一時的には克服できるだろうが、人間の愚かさにおいては、永遠に克服出来ないのではないかと感じてしまうのは思い過ごしであろうか。

現にエボラには2015年、日本ではアビガンというインフルエンザ薬が、またアメリカではZMappという薬剤が開発されて、その効果が試されている。

また、効果的なワクチンの開発、診断における迅速キットの実用化の報道もなされている。

しかし人類とウィルスとの闘いは、薬やワクチンだけでは簡単には終焉しないだろう、何故ならウィルスは人類の創造以前からあって、進化を続けているからである。

この美しい地球上で、人類の生命が永遠に滅びない保証はどこにもなく、その終焉は明日かも知れない時に、人間同士が争っている時間はすでにないのである。
過去のエイズ国際会議での請願に「世界は一つ、願いは一つ」というものがある。
今一度この言葉を噛みしめて、世界へ向けての祈りにしたい。

参考文献

『臨床検査学講座　微生物学／臨床微生物学』　医歯薬出版
『エイズ研究の歴史』ベルナール・セイトル　白水社
『破壊する創造者　ウイルスがヒトを進化させた』フランク・ライアン　早川書房
『ホット・ゾーン』リチャード・プレストン　飛鳥新社
「中央アフリカ共和国：民兵組織セレカによる村落の攻撃」ヒューマン・ライツ・ウォッチ
国際人権ＮＧＯ
「感染性物質の輸送規則に関するガイダンス」２０１３－２０１４版　国立感染症研究所
『病原体進化論　人間はコントロールできるか』ポール・Ｗ・イーワルド　新曜社
『現代アフリカ・クーデター全史』片山正人　叢文社
『アフリカを知る事典』伊谷純一郎　平凡社
『祈りの力　ビリビ　キリスト教と民間信仰』天理大学
『隔離予防策のためのＣＤＣガイドライン　医療環境における感染性病原体の伝播予防
２００７』満田年宏訳　ヴァンメディカル
「中央アフリカの惨劇　こんな憎しみと暴力を見たのは初めてだ」サイモン・ブラッドレー
SWI swissinfo.ch

「中央アフリカ共和国：バンギでイスラム系市民への襲撃続く」ユニセフ情報レポート　2014年3月28日　World Malaria Report 2011, WHO：http://www.who.int/malaria/world_malaria_report_2011
『流行病の国際的コントロール　国際衛生会議の研究』永田尚見　国際書院
『「新病原体」がわかる本』松浦善治　東京書籍
『襲いくるウィルスHHV―6　―体内に潜む見えない侵入者を追う―』ニコラス・レガシュ　Newton Press
『バイオハザード原論』本庄重男　緑風出版
「西アフリカ：なぜエボラがここまで流行したのか？」国境なき医師団　http://www/msf.or.jp/nes/detail/voice
「エボラ熱ウイルス変異か　研究者ら感染力変化分析」ジュネーブ共同　2015年1月31日
『イスラム過激派・武闘派全書』宮田律　作品社
『ケニアを知るための55章』松田素二／津田みわ　明石書店
『アフリカの民族と社会』福井勝義他　中公文庫
『ウイルスと感染のしくみ』生田哲　SBクリエイティブ
「ウイルス粒子形成機構の電子顕微鏡解析」野田岳志　ウイルス　59―1．2009

三芳　端（みよし　ただし）

昭和18年東京都に生まれる。昭和43年群馬大学医学部を卒業後、東京大学第三外科（現胃食道外科）、帝京大学溝口病院外科（昭和61年准教授に就任）などに在籍。平成14年横浜市青葉区にて開業、平成27年の継承後は、医療や趣味について執筆活動中。既刊に『5月の風にふかれて』などがある。

バンギの血

2016年2月18日　初版発行

著　者　三芳　端
発行者　中田典昭
発行所　東京図書出版
発売元　株式会社 リフレ出版
〒113-0021　東京都文京区本駒込 3-10-4
電話（03）3823-9171　FAX 0120-41-8080
印　刷　株式会社 ブレイン

ISBN978-4-86223-928-0 C0093
Printed in Japan 2016
落丁・乱丁はお取替えいたします。

ご意見、ご感想をお寄せ下さい。
［宛先］〒113-0021　東京都文京区本駒込 3-10-4
東京図書出版